AF189802

Tucholsky   Wagner   Zola   Scott   Sydow   Freud   Schlegel
Turgenev   Wallace   Fonatne
Twain   Walther von der Vogelweide   Fouqué   Friedrich II. von Preußen
Weber   Freiligrath   Frey
Fechner   Fichte   Weiße Rose   von Fallersleben   Kant   Ernst   Frommel
Richthofen
Hölderlin
Engels   Fielding   Eichendorff   Tacitus   Dumas
Fehrs   Faber   Flaubert
Eliasberg   Ebner Eschenbach
Feuerbach   Maximilian I. von Habsburg   Fock   Eliot   Zweig
Ewald   Vergil
Goethe   Elisabeth von Österreich   London
Mendelssohn   Balzac   Shakespeare   Dostojewski   Ganghofer
Trackl   Lichtenberg   Rathenau   Doyle   Gjellerup
Stevenson   Tolstoi   Hambruch
Mommsen   Lenz   Droste-Hülshoff
Thoma   Hanrieder
Dach   Verne   von Arnim   Hägele   Hauff   Humboldt
Reuter   Rousseau   Hagen   Hauptmann   Gautier
Karrillon   Garschin   Baudelaire
Damaschke   Defoe   Hebbel
Descartes   Hegel   Kussmaul   Herder
Wolfram von Eschenbach   Dickens   Schopenhauer   Rilke   George
Darwin   Melville   Grimm   Jerome
Bronner   Bebel   Proust
Campe   Horváth   Aristoteles
Bismarck   Vigny   Barlach   Voltaire   Federer   Herodot
Gengenbach   Heine
Storm   Casanova   Tersteegen   Gilm   Grillparzer   Georgy
Lessing   Chamberlain   Langbein   Gryphius
Brentano   Lafontaine
Strachwitz   Claudius   Schiller   Kralik   Iffland   Sokrates
Katharina II. von Rußland   Bellamy   Schilling
Gerstäcker   Raabe   Gibbon   Tschechow
Löns   Hesse   Hoffmann   Gogol   Wilde   Gleim   Vulpius
Luther   Heym   Hofmannsthal   Klee   Hölty   Morgenstern   Goedicke
Roth   Heyse   Klopstock   Kleist
Luxemburg   Puschkin   Homer   Mörike
La Roche   Horaz   Musil
Machiavelli   Kierkegaard   Kraft   Kraus
Navarra   Aurel   Musset   Moltke
Nestroy   Marie de France   Lamprecht   Kind   Kirchhoff   Hugo
Laotse   Ipsen   Liebknecht
Nietzsche   Nansen   Marx   Ringelnatz
von Ossietzky   Lassalle   Gorki   Klett   Leibniz
May   vom Stein   Lawrence   Irving
Petalozzi   Knigge
Platon   Pückler   Michelangelo   Kafka
Sachs   Poe   Kock   Korolenko
de Sade   Praetorius   Mistral   Zetkin   Liebermann

Am Malanger Fjord

Theodor Mügge

Impressum

Autor: Theodor Mügge
Umschlagkonzept: toepferschumann, Berlin

Verlag: tredition GmbH, Hamburg
ISBN: 978-3-8424-1129-6
Printed in Germany

Es mögen jetzt wohl fast zwanzig Jahre vorübergegangen sein, seit ein großes Boot von sechs Rudern, mit einer Halbkajüte versehen, an der Küste des norwegischen Hochlandes hinfuhr, das jenseits des großen Westfjords und des Polarkreises, bis nach Tromsöe hinauf ein wildes Labyrinth von Felsen, Inseln, Inselbrocken und zahllosen Sunden und Meeresarmen darstellt, welche tief in den Schoß der Gebirge und Klüfte dringen. Damals konnte man noch nicht wie jetzt mit dem Regierungsdampfschiff rasch und leicht diese wüsten Irrwege durchfahren, erst mehrere Jahre später wurde damit der Anfang gemacht; die einzige Möglichkeit, von einer Handelsstelle der Kaufleute zur anderen zu gelangen, blieb das Ruderboot, mit welchem freilich nur langsam weiterzukommen war.

Es war ein Sommertag, so schön und still, warm und sonnenvoll, als hinge der blaue fleckenlose Himmel über einem südlichen Lande; ein einziger Blick aber reichte hin, um diese Täuschung zu zerstören.

Der Passagier des Bootes, welches er gemietet hatte, um damit nach der Handelsstelle von Lenvig zu gelangen, saß oben auf dem Halbdeck und betrachtete nachsinnend und schweigend den düsteren ungeheuren Kranz zerrissener Felsen und Felsennadeln, die überall aus dem Meere aufwuchsen, spitz und zackig ihre kahlen Häupter in die klare Luft tauchten und ihre Wände und schroffen Seiten im hellen Sonnenlicht glänzen ließen. So weit das Auge reichte, war nichts zu entdecken als dies öde, lautlose Felsengewirr, die hohe Nordlandküste in ihrer schweigenden Wildheit, die Meeresschlünde, welche sich darin verloren, nur da und dort ein grüner Streif, ein weiß leuchtendes Birkengebüsch, eine Felsenspalte, wo schwarze traurige Nadelbäume wuchsen, oder ein kleines Tal, durch das ein Bach in hastigen Sprüngen und Wasserstürzen niederschoß. Auf den Klippen und Steinen, die aus dem blanken stillen Meere ragten, saßen ebenso schweigsame Vögel in dichtgedrängten Haufen. Rotkämmige Alken steckten die Köpfe zusammen, viele andere entenartige Vögel und große Möwen sonnten sich behaglich und ließen das Boot vorüberziehen, ohne sich zu rühren; nur bei einem heftigen Geplätscher der Ruder oder dem lauten Ruf der

Bootsleute fuhr ein Schwarm in die Tiefe und verschwand darin ohne Lärm, und Geschrei.

Der Reisende warf sich mißmutig auf die andere Seite und starrte über ein weites Wasserbecken auf die zahllosen Klippen und Brocken zwischen den großen Inseln Hindöe und Senjenöe. Ganz dieselben Felsen, dieselbe Öde, dieselbe wilde Größe der Natur und dasselbe Schweigen traten ihm entgegen. Dann und wann nur, wie von einer unsichtbaren Hand gehoben, brach sich das Meer an irgendeinem Steine und warf eine schäumende Fontäne hoch in die Luft, gleichsam um zu zeigen, daß es träume, aber nicht schlafe.

Der Reisende sah auf die Schaumflocken, welche das Boot umschwammen, er verfolgte die großen rot und blau gezeichneten Quallen, wie sie wunderbar glänzend ihre langen Arme nach Raub ausstreckten; dann lachte er spöttisch vor sich hin, indem er sich selbst mit diesen seltsamen gallertartigen Geschöpfen verglich. Es war ein Mann aus guter Familie, der im Süden des Landes längere Zeit ein einträgliches Amt bekleidete, aber durch mehrere gewaltsame Handlungen und zunehmende Schulden es endlich dahin gebracht hatte, daß er es rätlich fand, als Landrichter oder Sorenskriver, das heißt geschworener Schreiber, hier oben ans äußerste Ende Nordlands, an den Malanger Fjord, versetzt zu werden. Herr Lars Stureson sah ganz so aus wie ein Mann, dem man Paschalaunen zutrauen kann, und seine Verwandten im Staatsrat und im Storthing mochten wohl recht haben, wenn sie glaubten, daß die Leute an den Lappmarkischen Küsten dergleichen besser vertragen könnten als die stolzen Bauern und Hofbesitzer in den südlichen Grafschaften.

Es war ein ungemein großer, kräftiger und breitschultriger Mann in der Mitte der dreißiger Jahre. Sein stolzes hartes Gesicht war rot und voll und trug mancherlei Zeichen, daß er bei Toddy und Punsch alle Nebenbuhler besiegt hatte. Schlaue und bewegliche graublaue Augen milderten die festen massiven Formen seines Kopfes, und im ganzen genommen, war er ein stattlicher Herr, der sowohl Ehrfurcht und Furcht, aber auch Wohlwollen und Achtung erwecken konnte.

Lars Stureson war verheiratet gewesen und nach einer unglücklichen Ehe Witwer geworden. Er machte daher die Reise allein. Das

Boot war mit seinen Koffern und Kasten gefüllt, die das Notwendigste enthielten, was er in der Einsamkeit seines neuen Wohnortes zu brauchen dachte. Eine Nordlandsjacht, die von Bergen ausgelaufen war, sollte ihm Möbel aller Art und mancherlei Luxusgegenstände, sein Haus auszustatten, nachliefern.

Hier saß er nun halb liegend auf dem schmalen Deck, einige Bücher neben sich und zwischen denselben eine halbgeleerte Flasche, aus der er dann und wann einen Zug tat. Die Quallen, dachte er für sich, sind in ihrer Art die Landrichter und Vögte des Meeres. Es gibt viel stärkere und größere Geschöpfe darin, aber keines vergreift sich so leicht an ihnen. Vögel und Fische fliehen ihre Berührung ebenso wie die Menschen, denn jeder wird gebrannt, der ihnen zu nahe kommt. Sie aber rudern mit ihren langen gefingerten Armen unbekümmert durch die Wellen. Das ganze Ding ist nichts als Magen! Alles, was sie greifen können, halten sie fest, was sie berühren, wird ihre Beute, wird in den Magen gepackt und muß lassen, was es besitzt. Unter solchen Gedanken schaute er nach dem Himmel hinauf und rief mit einem kräftigen Fluch: »Gott mag es wissen, wie ich hier leben soll! Aber der Teufel soll mich holen, wenn ich nicht am liebsten in die Luft hinaufblicke, um von diesem verwünschten Lande nichts zu sehen! Felsen, Klippen, brandende Wasser, nach Fischtran stinkende Fischer und gaunernde Krämer – das soll deine Gesellschaft sein, Lars Stureson! Wann und wie sollst du davon erlöst werden?«

Indessen war Bewegung in das Boot gekommen. Leise Wellen begannen es zu schaukeln, ein Wind flog kühl über das Wasser hin und zog krause Katzenpfoten – wie die Schiffer es nennen – darauf zusammen. Die Sonne neigte sich dabei tief dem Westen zu, der eine feurige Röte ausstrahlte, welche an allen hohen Bergen und Spitzen glühte.

Der Landrichter zog seine Uhr: es war in der zehnten Abendstunde. In den langen Sommertagen geht hier die Sonne wochenlang nicht unter den Horizont, und die Nacht ist nur eine Dämmerung von wenigen Stunden. Aber mit ihr kam nun die Strömung der Ebbe aus den Fjorden und Sunden dem Boot entgegen und versetzte es in schwankende Bewegung. Die Ruderer strengten alle Kräfte an und brachten das Boot dicht an die Küste, jedoch in dem enger werdenden Kanal, der Senjenöe vom Festland trennt, wurde die Strömung heftiger und der Wind schärfer. Mit mühevoller Arbeit war doch nur geringes Weiterkommen zu merken, und als der Landrichter eine Weile zugeschaut hatte und sah, wie die brennende Röte an den Bergspitzen abnahm, während blaue Schatten aus den Schluchten langsam heraufkletterten, konnte er sich nicht enthalten, eine Frage an die Schiffsleute zu richten.

»Es wird spät«, rief er hinunter, »wir kommen langsam vorwärts!«

»Wind und Strömung gegen uns, Herr«, antwortete einer.

»Und wie weit noch nach Lenvig?«

»Zwei Meilen«, sagte der Mann. »Werden sie schwer schaffen, ehe die Flut kommt.«

Der Reisende sah die unwirtliche Küste an; nirgends war die Spur einer Menschenwohnung zu entdecken, und offenbar hatte er wenig Lust, die Stunden der Nacht, so mild und hell sie war, im Freien zuzubringen.

»Ist keine Handelsstelle in der Nähe?« fragte er.

Es war, als hätten die müden Ruderer nur auf diese Frage gewartet. »Ja, Herr, ja!« riefen sie zusammen. »Ein wenig mehr herauf liegt Christie Hvalands Stelle.«

»Eine feine Stelle, Herr«, fügte der Führer des Bootes hinzu, »Christie Hvaland ist ein guter und angesehener Mann, der fünf Jachten nach Bergen schickt.«

»So wird er uns einen Platz an seinem Herde gönnen«, sagte Stureson »Fahrt zu, Leute, je eher wir hinkommen, je besser.«

Mit diesem Bescheide kam vermehrte Kraft in die Ruderer, und als der letzte Schimmer zerrann, lag das Haus des Kaufmanns in der Tiefe einer Bucht vor ihnen.

Malerisch genug sah es aus, obwohl es ein Balkenhaus war, wie alle diese Häuser sind. Aber es lag von einem Halbkreis weißlicher Felsen im Rücken geschützt, die ihre kahlen Spitzen über ein üppig dichtes Buschwerk von Birken hervorstreckten. Der Raum bis zum Meere mochte kaum hundert Schritte betragen, doch war er mit einem dichten Grasteppich bedeckt, und an der einen Seite des langen Blockhauses kündigte ein umzäunter Platz sogar die Anlage eines Gärtchens an. Packhäuser erhoben sich auf Pfahlwerken aus dem Meere, einige von den seltsamen hochschnäbeligen Nordlandsjachten lagen vor ihnen, an der Ufertreppe schaukelten große Boote neben kleineren, und oben auf dem Gange am Packhause liefen die Bewohner der Handelsstelle zusammen, als sie das fremde Fahrzeug erblickten.

Nach wenigen Minuten hatte dies angelegt, und Lars Stureson sprang die Treppe hinauf mitten in den Kreis von Dienstleuten, Fischern und Weibern, die ihn neugierig betrachteten. Er rannte dabei an einen stämmigen kleinen Burschen, der einen Glanzhut auf dem Kopf hatte und, den Arm in die Seite gestemmt, ihn bewegungslos erwartete.

»Nimm es nicht übel«, sagte der Landrichter, als der Mann unter dem Gelächter seiner Nachbarn zur Seite taumelte. »Friede ins Haus, ihr Leute! Wo ist Herr Christie Hvaland?«

»Hier!« rief ein Mann, der in die Tür getreten war, an welche er sich lehnte und aus einer halblangen Pfeife gleichmütig weiterrauchte. Er musterte dabei den Fremden mit scharfen Blicken ohne irgendein Zeichen freundlicher Teilnahme und ohne sich im Rauchen stören zu lassen.

Nach der ersten üblichen Begrüßung bat der Landrichter um Obdach für diese Nacht, da Wind und Strömung das Boot am Fortkommen hinderten.

Christie Hvaland ließ ihn ausreden und setzte seine stillen Betrachtungen fort. Es war ein Mann von mehr als fünfzig Jahren, schmal und dünn. Sein lederhartes ausgetrocknetes Gesicht, das vorn sich zuspitzte und mit einer gekrümmten Nase endete, machte keinen sehr günstigen Eindruck. Gelbliches Haar lag auf seinem Kopfe und ließ die hohe, mächtig gewölbte Stirn unbedeckt, unter welcher hellblickende scharfe Augen den klug rechnenden Kaufmann ankündigten. Endlich zog er eine seiner langen knochigen Hände aus der Rocktasche, und indem er sie langsam nach dem Meer ausstreckte, sagte er: »Lenvigs Kirche könntet Ihr sehen, wenn es Tag wäre. Aber reisende Leute sind willkommen jederzeit. Laßt das Boot unter den Packraum fahren, damit es sicher liegt.«

Der Ton widersprach den Worten, er kündigte an, daß Herr Christie Hvaland sich eben nicht viel aus dem Besuch machte. Aber alles änderte sich, als Lars sagte: »Sie mögen recht haben, Herr Hvaland, ich hätte bei guter Zeit Lenvig erreichen können, wenn die Burschen ordentlich gerudert hätten, was mir lieber gewesen wäre, als Ihnen beschwerlich zu fallen. Ich bin der Sorenskriver Stureson, von der Regierung hierher gesandt, und muß eilen, um meinen Platz einzunehmen, der schon lange auf mich wartet.«

Der Kaufmann nahm rasch die Pfeife aus dem Mund, und über sein Gesicht verbreitete sich große Freude. Er wußte genau, was die Freundschaft des Landrichters zu sagen hat, und war ein umgewandelter Mann. »Glück in mein Haus!« rief er, »daß es sich so gefügt hat. Hätte es wissen können, daß Sie es sein mußten, Sorenskriver Stureson, und kein anderer, haben die Nachricht schon seit einiger Zeit bekommen.«

Er schüttelte ihm die Hand und führte ihn mit aller Höflichkeit und guten Wünschen in sein bestes Zimmer, wo der Landrichter sogleich die Bemerkung machen konnte, daß bis in diese öden Wildnisse mancherlei Luxus gedrungen sei, den Geld schaffen kann.

Da standen stattlich polierte Stühle aus dem prächtigen Birkenholz, das in den Bergen verarbeitet wird, da war ein Sofatisch, der auf einem bunten deutschen Teppich stand, da war endlich das bequeme Sofa selbst, das ohne Zweifel aus Hamburg stammte. Ein Schrank in der Ecke mit gebogenen Scheiben enthielt Tassen, Gläser und Kristallsachen, und an der Wandseite stand ein Klavier der größten Art, Metallrollen unter seinen gedrehten Beinen, und ein gestickter Sessel davor.

Der Kaufmann nötigte seinen Gast zum Sitzen, und während er ihm erzählte, daß er seit vier Wochen erst aus Bergen zurückgekehrt sei, wo er seine Stockfische diesmal zu besonders gutem Preise losgeschlagen habe, ohne allen Zwischenhandel mit den Berger Handelsherren abzuwarten, schloß er den Schrank auf und nahm ein Gestell heraus von Ebenholz, mit Silber beschlagen und eingefaßt, das er auf den Tisch pflanzte. Es befanden sich darin vier große geschliffene Flaschen, welche Rum, Arrak, Madeira und Rotwein enthielten. Die Flaschen paßten genau in die eingeschnittenen Behälter, und rund um diese befanden sich Trinkgläser in anderen Einschnitten, so daß man alles bei der Hand hatte, um nach Gefallen zu wählen. Dann stellte Herr Christie Hvaland eilig und geschäftig einen gefüllten Zuckerkorb daneben, und mit der anderen Hand zog er aus dem obersten Fach ein Kistchen mit Zigarren. Immer höflich erzählend, wandte er sich endlich nach der Tür und bat den Landrichter, ihm einen Augenblick zu gestatten, um den Teekessel zu beordern, der sogleich bereit sein werde.

Als er hinaus war, legte sich Stureson in die weichen Polster zurück, nahm eine Zigarre aus dem Kistchen, die er beim Schein des Lichtes auf dem Tische mit Kennerblicken betrachtete und wenigstens gut genug fand, um sie anzuzünden, dann stützte er seinen Kopf in die Hand und schaute befriedigt umher. Das Zimmer war niedrig, wie es in diesen nordischen Breiten sein muß, aber es sah ganz wohnlich aus. Alles war Holz – Wände, Decke und Boden; allein dies Haus war von außen und innen neu, und weder in Bergen noch in Christiania hätte man ein Holzhaus zierlicher und hübscher herstellen können. Die Balkenlagen waren von außen mit übereinanderfallenden Latten benagelt und mit grauweißer Ölfarbe angestrichen, das Zimmer aber besaß eine Bretterbekleidung, und auf diese waren streifige blaue Tapeten geklebt, die mit ihren gelb und weißen Arabesken ungemein freundlich und sauber aussahen.

Jedenfalls bin ich hier gut aufgehoben, sagte sich der Landrichter, und dieser Kaufmann am Senjenöesund muß einer von den reichen sein, von denen man mir allerlei Mirakel erzählt hat. Er dachte darüber nach, daß er gehört hatte, wie nicht selten die Wohlhabenheit der Besitzer solcher Kramstellen in dem Dunkel der Fjorde bis zu wirklichem Reichtum steigen sollte und daß auf öden Klippen von diesen Fischhändlern Schätze aufgehäuft wurden, welche gebildeten Leuten erlaubt hätten, in den größten Städten Europas mit allem Komfort zu leben.

Mitten in seinen Betrachtungen kam jedoch Christie Hvaland zurück, und zwar im Scheine einer großen Astrallampe, die er in der Hand trug. Hinter ihm erschien dann eine junge Dirne mit langen blonden Doppelflechten, die ihr bis auf den Rücken niederfielen, und diese trug einen blanken Teekessel von Tombak auf einem Brett von demselben Metall. Das Wasser kochte durch eine Spirituslampe; eleganteres Teezeug hatte Stureson selbst im Süden in den besten Häusern nicht gesehen.

»Nun, Sorenskriver«, sagte der Kaufmann vertraulich, »macht es Euch bequem und seid nochmals willkommen im Hause! Mischt Euch ein Glas, wie es Euch beliebt, Toddy von Madeira, Wein oder Grog, wie es sich paßt. Schade, daß es nicht früher am Tage ist, um den Pfarrer aus Talvige und den Vogt von Oernen einzuladen, uns Gesellschaft zu leisten. Aber wir wollen frohe Zeit erleben und darauf anstoßen als norwegische Männer von gutem Blut!«

Das war der Eingang zur näheren Bekanntschaft zwischen den beiden Männern, welche bald Wohlgefallen aneinander zu finden schienen und mit jedem neuen Glase sich lebhafter unterhielten. Dem Landrichter war es angenehm, sogleich einen Mann zu finden, der ihm mancherlei Aufschlüsse über den bedeutenden Gerichtssprengel geben konnte, der zu seiner Botmäßigkeit gehörte, und Christie Hvaland war die rechte Quelle, um genaue Nachrichten über Personen und Zustände einzuziehen. Sein Großvater sowohl wie sein Vater hatten Handelsstellen in Nordlandsamt gehabt und waren angesehene wohlhabende Leute gewesen. Er selbst war hier am Platze geboren und kannte alle Verhältnisse aufs beste. Die kalte zähe Schlauheit und Härte des echten Kaufmanns aus den Fjorden spiegelte sich in seinen Mitteilungen wider, und da er bald sah, mit wem er es zu tun hatte, mit einem ebenso klug rechnenden, zugänglichen, seine Vorteile begreifenden Freund, hatte er keine Sorge, ihm manches Wort zuzureden, aus dem sich Nutzen ziehen ließ.

»Es mag wohl sein«, sagte er, »daß sich im Süden leichter leben läßt, aber lustiger und angenehmer kann niemand leben als der Sorenskriver am Malanger Fjord, wenn er vom guten alten Schlage ist.«

»Das denk ich zu beweisen«, rief Stureson lachend, »niemand kann williger sein, mit guten Freunden auszuhalten, solange es ihnen gefällt!«

»Will's glauben«, fuhr der Kaufmann beifällig fort, »und findet hier viele feine Leute, die Euer Nest warm halten und mit Eiderdaunen ausstopfen werden. Verdammt seien die Neuerungen! Bin kein Freund davon und von den Dummköpfen, die im Storthing sitzen und jährlich Gesetze und Verordnungen aushecken, von denen sie nichts verstehen. Seht zu, Herr Stureson, wie Ihr damit fertig werdet, aber je weniger Ihr davon haltet, um so besser. Habt einen mächtig großen Distrikt, von Hindöen herauf bis an den Baisfjord, und all die Inseln dazu, bis hinaus nach Andöen. Schützt uns bei unseren Rechten, haltet fest mit uns zusammen und jagt die Schlucker fort, die sich festsetzen wollen und in Christiania schreien, man soll die Kaufplätze vermehren, deren schon mehr als genug sind. Ihr und der Vogt zusammen könnt es machen, und alle guten Leute werden es Euch danken.«

Der Landrichter verstand den Wink vollkommen und ließ es an weiteren Forschungen nicht fehlen. Der Kaufmann rechnete ihm seine Einnahmen aus den Fischzehnten vor, aus den Reisen, aus den zahllosen Streiten, welche die Küstenleute, Quäner, Finner und Normänner führten, um sich gegenseitig zugrunde zu richten, und schloß dann mit der schlauen Bemerkung, daß man es nur verstehen müsse, um alle Umstände gehörig zu benutzen. »Der Sorenskriver vom Malanger Fjord«, fuhr er fort, »kann mit Leichtigkeit fünftausend Speziestaler jährlich einnehmen, und kann es auf sechstausend bringen, wofür Ich Bürgschaft übernehmen will, wenn er meinem Rat folgt.«

Herr Stureson horchte hoch auf. Er wußte wohl, daß sein Amt ihm doppelt soviel einbringen sollte, als. was er im Süden an Gehalt bezogen, aber über dreitausend Spezies war es von seinen Freunden nicht geschätzt worden.

»Wer sich hierher zu uns in den Norden versetzen läßt«, sagte der Kaufmann, indem er seine scharfen Augen listig auf den Landrichter heftete, »tut es sicherlich nicht freiwillig, es ist immer irgendein Grund, der ihn dazu treibt. Entweder hat er Händel und Ärger gehabt und die Regierung, weil sie es gut mit ihm meint, macht ihm ein wertvolles Geschenk mit einem Platze in unserem gesegneten Lande, oder er kann nicht auskommen, macht Schulden, weiß sich nicht mehr zu helfen und hat mächtige Freunde, die ihn hierher bringen, damit er sich erholen kann. – Gott zum Preis, Herr Stureson, wir können es ertragen. – Im Süden ist eine Stelle, die fünfzehnhundert Spezies einbringt, ein herrlicher Platz, hier ist es einer, nach dem nicht viel gefragt wird. Hier oben, wo es aussieht, als wären nur Felsensplitter und Eisblöcke wohlfeil, liegen die silbernen Spezies und Bankzettel überall umher, man braucht sich nur zu bücken, um sie aufzuheben! Dafür, Herr, haben wir das Meer mit seinen Fischen, den großen Fang auf den Lofoten, den Herings- und Stockfischfang in Fjorden und Sunden, den Tranhandel und Pelzhandel und unsere gefüllten Jachten. Endlich aber haben wir das Volk, Sorenskriver, merkt wohl auf, ich sage: das Volk, das alles schnell verbraucht und verzehrt, was es verdient und gewinnt. Kaufleute, Sorenskriver, Priester und Vögte müssen zusammenstehen als gute Freunde, und keiner muß es so machen wie Euer Vorfahr im Amte, der selige Helmböe, der wohl nie über dreitausend Spezies eingenommen hat.«

»Hat er die Einnahme heruntergebracht, der Narr?« fragte Stureson.

»Das hat er getan«, sagte Hvaland. »Wenn Fischer oder die kleinen Ackerbauern, meist Finnen oder Quäner oder armselige Böelappen, wie sie hier sich anbauen, ihren letzten Spezies verprozessieren wollten, mischte er sich hinein und tat es in Güte schlichten. Wenn wir mit unseren Forderungen an die vielen Leute kamen, die bei uns jahraus, jahrein borgen und ihren Fang dafür abliefern müssen, forderte er unsere Bücher ein, nannte es gottlos und unmenschlich, so viel Branntwein dem armen Volk aufzuschwatzen samt schlechten Lebensmitteln und mancherlei unnützem Tand und solche Preise dafür anzusetzen. Wo er es hindern konnte, wollte er es nie dulden, daß wir unser Geld durch Auspfändung beitrieben und uns bezahlt machten, wie wir konnten. Und wär's noch gutes Blut gewesen, normannisches Blut vom alten Stamme«, rief er, seine Mütze um den Kopf drehend, »aber sogar für das viehische Gesindel auf den Gebirgen, für die Berg- und Waldlappen erhob er sich und wollte ihre Rechte schützen! Auf den Lappenmärkten am Malanger Fjord, wo das schmutzige Ungeziefer von allen Fjellen heruntersteigt, dreimal im Jahre, und wo der Sorenskriver sonst wohl tausend Spezies mit nach Hause nahm für Strafen und Bußen, stand er wie ein Berserker mit dem Schwert und duldete kein Unrecht, wie er es nannte, kein Übervorteilen, keine zu hohen Preise, und niemand durfte einen Lappen höhnen oder beleidigen. So strafte er gute Leute um Kleinigkeiten und nahm nicht hundert Spezies mit nach Haus.«

»Ich habe von dem alten Richter in Terael gehört«, sagte Stureson. »Er galt etwas in Christiania.«

»Bei den Dummköpfen, die da Gesetze machen!« rief der Kaufmann. »Hier hat er wenige Freunde gehabt; keine Tür, die ihm mit wahrem Willkommen geöffnet wurde, keine Hand, die ihm dienstfertig seinen Toddy mischte. Das Lumpenvolk freilich, das hing ihm an, und da und dort gab's wohl einen Narren, der von ihm sagte: ›Das ist ein Mann, wie er sein soll, wollte Gott, es wären viele wie er!‹ Aber hinterlassen hat er blutwenig, jammert die Witwe jetzt um Pension. Er war ein leichtsinniger Mann, gab und gab ans Volk, dem es nichts nützen konnte; machte lächerliche Versuche, den Lappen zu helfen, Ackerbau zu verbreiten, Ordnung und Sitte ins liederliche Leben der Herumtreiber zu bringen. Habe hier noch dicht dabei einen Burschen wohnen, einen Lappenjungen, den er aufgezogen, nach Trondenäes ins Seminar geschickt und zum Schulmeister gemacht hat. Könnt ihn sehen, Sorenskriver. Ist wahr, ist ein anstelliger Kerl geworden, habe ihn eben hier im Hause, gibt meiner Mary Unterricht und spielt mit ihr auf dem Dinge da –«, er deutete nach dem Klavier hin.

»Sie haben also Kinder, Herr Hvaland?« fragte Stureson.

»Das eine Kind«, war die Antwort, »ist ein fein gemachtes Mädchen, Herr Stureson. Habe sie vier Jahre in Trondhjem gehabt zur Erziehung; ist auch in Christiania gewesen und im letzten Jahre mit mir aus Bergen zurückgekommen ins Haus.«

Er erzählte diese Familiennachrichten mit dem Stolze eines Vaters, der an seiner Tochter wohlgefällig denkt, und Stureson zog die Lippen zusammen und sagte mit heimlichem Spott: »Bei so vieler Bildung und Erziehung in der Fremde, solchen Reisen und so langer Abwesenheit wird es ihr hier nicht sonderlich gefallen.«

»Kennt unsere Mädchen nicht, Sorenskriver«, lachte Hvaland, »haben die tiefe Sehnsucht nach der Heimat in ihrer Brust, wie alle, die hier geboren sind. Ist ein sonderbares Ding damit, Herr Stureson, kann es sich keiner erklären. Gott hat es seinen Wesen, die in diesen wilden Fjorden leben und wachsen, eingeimpft, und wissen die Lappen in ihren braunen Sumpf- und Schneebergen sogar zumeist davon zu sagen. – Bringt einen von ihnen nach Italien oder ins Paradies, es wird nicht lange dauern, so fühlt er einen Schmerz im tiefsten Herzen und eine mächtige Sehnsucht quält ihn so lange, bis er wieder bei seinen Felsen und Sümpfen ist. – Seht den Burschen, den Schulmeister, Olaf Holmböe ist er getauft, nach seinem Wohltäter, Jauratana heißt er bei seinen spitzbübischen Landsleuten. Er hat Kleid und Sprache, Sitten und Gewohnheiten von uns angenommen, aber zuweilen faßt es ihn wie der böse Feind, und dann läuft er hinauf in die Gebirge zu seinen alten Freunden und Verwandten, die mit ihren Rentieren durch die Wüste ziehen. Da sitzt er in der schmutzigen Gamme und spielt ihnen auf seiner Fiddel vor, bis der bessere Sinn wiederkehrt und er dann eines Morgens ganz matt und still bei seinen Büchern im Hause gefunden wird.«

»Das ist seltsam«, rief der Landrichter, eine dicke Dampfwolke ausblasend, »aber der beste Beweis, daß alle Versuche, diesen vertierten Stamm zu nützlichen Menschen zu machen, nicht viel fruchten!«

»Sagt: gar nichts hat es gefruchtet und wird nie fruchten!« rief Hvaland. »Aber es gibt Toren, und darunter ist einer –«

Hier hielt er plötzlich inne, denn draußen ließ sich eine tiefe fragende Stimme hören, und aufstehend rief er mit unmutiger Gebärde, aber im gedämpften Ton: »Wer, bei Kreuz und Nebel, führt ihn jetzt in mein Haus? Ich wollte, er wäre bei allen Hexen von Salten, aber nicht hier!«

»Wer ist es denn?« fragte Stureson.

»Wer?« antwortete der Kaufmann – und da die Tür eben aufging, glättete sich sein Gesicht. »Propst Stockfleth!« rief er, die Hand ausstreckend, indem er dem neuen Gast entgegenging, »Glück für Euch und Glück für alle! Eine unverhoffte Freude, Herr, Euch jetzt zu sehen.«

»Gottes Segen ins Haus, Christie Hvaland«, erwiderte der ernste Pilger, der kein anderer war als der berühmte Missionar der Lappen, früher Kapitän in dänischen Diensten und als solcher ein tapferer Offizier. Von religiöser Schwärmerei beseelt, hatte er den Degen fortgeworfen, um Priester zu werden, studiert, war Pastor in den Finnmarken geworden und hatte vor Jahren auch diese Stelle aufgegeben, um nun als wandernder Missionar die wilden Einöden und Küsten lehrend und bekehrend zu durchziehen. Er war jetzt etwa fünfzig Jahre alt und von ungeschwächter Rüstigkeit. Sein dunkelbraunes Reisehemd war dem ähnlich, wie es die Lappen tragen, der breite Ledergurt, welcher dazu gehört, saß fest um seinen Leib. Seine Füße umschnürten weiche Halbstiefel von Rentierhaut, welche seine Beichtkinder so gut zu verfertigen verstehen und Komager nennen. In der Hand hielt er einen narbigen tüchtigen Stock mit langer Eisenspitze, und sein ernstes wohlwollendes Gesicht, aus dem zwei blaue freundliche Augen leuchteten, trug Züge unverkennbarer Güte, die auch unter rohen Naturkindern verstanden werden.

Als er seinen großen grauen Pilgerhut abnahm, neigte er grüßend den Kopf gegen Stureson, der aufgestanden war, als Hvaland ihn beim Namen nannte.

»Sorenskriver Stureson vom Malanger Fjord«, sagte der Kaufmann, »hat jedenfalls dieselbe Freude wie ich, Propst Stockfleth hier zu sehen.«

Der Missionar lächelte, indem er seine Augen weit öffnete und Stureson anblickte. »Sie sind der Nachfolger meines unvergeßlichen Freundes Holmböe«, sagte er. »Heil auf Ihren Pfaden, damit gedeihe, was ausgesät wurde zu Gottes Ehre!«

Er setzte sich auf einen Stuhl, nachdem er den Platz auf dem Sofa ausgeschlagen hatte, und mischte sich nach des Kaufmanns wiederholter Aufforderung ein Glas Wasser mit wenig Wein, an dem er genügsam und behaglich trank. Auf die Fragen des Wirts erzählte er dann, daß er vom Altenfluß her quer durch das wilde Hochland mitten durch endlose Wüsten gewandert sei, wo in den inneren Tälern jetzt nur wenige Lappen ihre Rentiere weiden ließen. Von Familie zu Familie sei er unter mancherlei Mühen bis zu den Quellen des Malself gelangt und habe den Strom begleitet, der endlich in den Malanger Fjord niederschießt. »Darüber sind beinahe drei Monate vergangen«, fuhr er fort, »aber, will's Gott, nicht ohne großen Segen. Ich habe mit dem Wort der Liebe manchen erquickt, manche Freude erlebt und nebenher mich selbst auch bereichert.«

»Bereichert, Propst?« rief der Kaufmann, ungläubig lachend, und doch angeregt von dem Wort, das so vielen Reiz für ihn hatte. »Habt etwa die Silberhöhlen im Enare-Traesk entdeckt, wo einst die

Zauberer und Häuptlinge des spitzbübischen Volkes ihre Schätze und ihre Götzen holten?«

Der Missionar schüttelte sanft den Kopf. »Der Enare-Traesk«, sagte er, »ist und bleibt ein wildes Freigebirge von Eisenstein, womit die ganze Erde versorgt werden könnte. Die Silberhöhlen sind eine Sage, welche manches Unglück anstiftete. Wer sie auch gesucht hat, kein Sterblicher hat sie je gefunden. Ihr, Christie Hvaland, solltet mich aber besser verstehen und mild von einem unglücklichen, verlassenen Volke sprechen. – Womit ich mich bereichert habe«, fuhr er dann fort, als Christie lachend sein Glas ergriff, »steht hier in diesem kleinen Buche, und es soll meinem gelehrten Freunde Rask in Kopenhagen als großer Schatz zukommen. Ich habe neue Forschungen über den lappischen Sprachstamm gemacht und kann jetzt mit Gewißheit sagen, daß es drei ganz abweichende, bis in die Wurzeln verschiedene Stämme und wenigstens zwölf Mundarten gibt, welche alle noch gesprochen werden. – Ja, gewiß«, sagte er, als seine Zuhörer schwiegen, »es ist so merkwürdig damit, daß die wandernden Familien der verschiedenen Stämme, wenn sie sich in der großen Wüste begegnen, sich oft gar nicht, oder doch nur mit Mühe verstehen und unter sich manchmal Dolmetscher nötig haben, um ein Gespräch zu führen.«

»Und was«, fragte Stureson, »läßt sich daraus schließen?«

»Daß es einst ein mächtiges Volk gewesen sein muß, welches weit umher diesen ganzen skandinavischen Norden bewohnte, bis es von Asen, Goten, Finnen und arideren siegenden Eroberern in die Eiswüsten getrieben wurde.«

»Wo es umkommen muß!« rief der Landrichter.

»Umkommen muß?« wiederholte der Missionar mit sanftem Vorwurf. »Sagen Sie das nicht, Herr Stureson, es tut mir weh, es von Ihnen zu hören. Sie werden dies Volk kennenlernen und seine vielen guten Anlagen leicht bemerken.«

»Anlagen zum Trunk und zum Umhertreiben«, sagte Lars Stureson lachend, indem er sein Glas leerte.

»Schmutzige Tagediebe«, fügte der Kaufmann hinzu. »Bei ihren Rentieren liegen, mit der Büchse durch Wald und Schlucht streifen,

jede Arbeit fliehen, die ein ordentliches Leben fordert, aber Branntwein trinken, bis sie sinnlos niederfallen, das ist ihr Leben.«

»Das sagt Ihr und meint, Ihr habt ein Recht dazu«, erwiderte
Stockfleth. »Aber Trunk und Habgier zugetan ist mancher andere
Mann, und wer hat diese Unglücklichen dazu gebracht? Wer stößt
sie von sich in die Wüsten, haßt, verachtet und verfolgt sie? Wer
verkauft ihnen das höllische Gift und macht sie zu entehrten ekelhaften Wesen, plündert sie aus, verhöhnt sie und füllt ihre Herzen
mit rachsüchtiger Bosheit und verschlagener Lüge?«

»Uff!« rief Hvaland, den Kopf schüttelnd und ihn listig anblin-
zelnd, »muß niemand mit Euch streiten wollen, Propst Stockfleth!
Meinetwegen bessert an dem Volke, soviel Ihr könnt, es wird wenigstens nichts schaden.«

»Aber auch nichts helfen, wie ich die Sache betrachte«, fiel der
Sorenskriver ein. »Ein Volk, so heruntergekommen, wandernd mit
den ewig wandernden Rentieren, kaum noch zehntausend Köpfe
stark, ohne Sinn für Zivilisation und festen Wohnsitz, ohne Sinn für
Ackerbau und Arbeit, ein Nomadenvolk, so roh und schmutzig wie
dieses, und obenein fünfzehn verschiedene Dialekte redend, kann
wohl Gegenstand des Mitleids und philanthropischer oder religiöser Bemühungen sein, aber nimmermehr zu gedeihlicher Entwick-
lung gelangen.«

»Ja, das sagt man«, entgegnete der Missionar in seiner sanften
Weise. »So steht es in Büchern und Schriften, die oft schon ihren
Spott über mich ausgegossen haben, und so sprechen die klugen
Leute hier im Lande, welche verdammen, was ihnen nicht gefällt.
Aber Gott hat allen seinen Geschöpfen Leben gegeben! Sie kennen
die Menschen noch nicht, über welche Sie Ihr Urteil fällen, Herr
Stureson; Sie werden sie kennenlernen und finden, daß vieles für
ihre Rettung geschehen kann, was nicht mit dem Namen philanth-
ropische Schwärmerei belegt werden darf. Ich weiß nichts von ihrer
Falschheit, ihrer Raubsucht, ihrer Tücke, obwohl ich unbewaffnet
und allein in die wilden Wüsten gehe. Das macht, weil sie wissen,
daß ich ihr Freund bin, ihnen Gutes tue, soviel ich kann, und sie
schütze, soviel ich es vermag!«

»Nun«, rief der Kaufmann dazwischen, »ich will niemandem ra-
ten, das Kunststück nachzumachen, sich hineinzuwagen in das

Reich dieser unermeßlichen Wildnisse, wo kein Weg ist, kein Haus steht, kein Gesetz gilt auf viele hundert Meilen! Eines Lappen Kugel verfehlt selten ihr Ziel, und eines Lappen Büchse hat manchen schon kaltgemacht, der zuviel vertraute. Es ist ein unverbesserliches Volk, das nur durch Furcht und strenge Zucht gezähmt werden kann. Das ist meine Meinung, Propst Stockfleth, ich habe sie niemals verhehlt, und wenige gute Leute denken anders darüber.«

»Die guten Leute!« sagte der Missionar traurig, »ja, das ist es eben! Aber Sie sollten nicht so sprechen, Christie Hvaland. Sie haben ja dicht in Ihrer Nähe ein Beispiel, wie viel durch Lehre und Erziehung geschehen kann.«

»Damit meint Ihr den Schulmeister, Propst?« rief Hvaland.

»Wir haben vorher schon von ihm gesprochen. Sage nichts Böses von ihm – aber eine Schwalbe macht keinen Sommer, und ein Beispiel ist kein Beispiel! – Da ist er«, fuhr er fort, »und Mary. Komm herein, Mary, und laß dich sehen!«

Er saß der Tür zugewandt und hatte gesehen, daß diese leise geöffnet wurde. Gleich darauf trat ein junges Mädchen herein, das mit einiger Überwindung ihrer Schüchternheit sich verbeugte und lächelnd näherte, während der Mann, der sie begleitet hatte, bescheiden an der Tür stehen blieb.

»Meine liebe Tochter«, sagte der Propst, dem sie die Hand reichte, »Segen über dein Haupt! Ich freue mich, Sie so gesund und blühend wiederzufinden.«

»Mary ist gewachsen!« rief der Vater frohgelaunt. »Die Luft am Senjenösund ist was wert, Propst, blühen Rosen und Nelken darin auf!«

Er deutete lachend mit der Spitze seiner Pfeife auf das gerötete Gesicht des jungen Mädchens, und während der Missionar weiter mit ihr sprach, hatte der Landrichter Zeit genug, sie zu betrachten. Er fand die Tochter des Fischhändlers und Krämers so übel nicht, obwohl sie keine besondere Schönheit war, die in der großen Welt Aufsehen erregt hätte. Aber hier in der Nähe des siebzigsten Grades, bei den glitzernden Lederjacken und Pelzhemden halbwilder Barbaren war sie eine angenehme, anziehende Erscheinung, die ihn an Zivilisation und Geschmack gesitteter Menschen erinnerte.

Ihr glänzend braunes Haar fiel in tiefen Scheiteln auf ein Gesicht mit freundlichen, fast kindlichen Zügen. Braune Augen, die groß und klar leuchteten, wagten sich nicht recht hervor dem fremden Herrn gegenüber, den sie dann und wann forschend ansah. Es war Leben und Bewegung in ihren Mienen, ihre Fragen und Antworten bezeugten einen gewissen Grad von Bildung; sie drückte sich in einer Sprache und in Formen und Wendungen aus, die in guter Gesellschaft üblich sind oder, wie Stureson sich sagte, aus der Pension von Trondhjem stammten, und dazu paßte das rötliche helle Kleid von modernem Schnitt und das schwarze Seidenschürzchen, in dessen Taschen sie ihre Hände steckte.

»Das Jahr ist also heiter und gut bis jetzt vergangen«, sagte der Missionar, »und hat Ihr Herz froh gemacht, liebe Mary.«

»Ich bin zufrieden, Herr Propst«, erwiderte sie. »Mein guter Vater tut alles, was ich wünschen kann, und dieser Sommer ist so schön und warm – ich habe viele Freuden gehabt.«

»Zufriedenheit, mein Kind, ist das wahre Glück des Lebens«, fiel Stockfleth ein, »es ist mir recht von Herzen lieb, dies von dir zu hören.«

»Sie bleiben doch bei uns?« fragte Mary.

»Einige Tage, wenn es der Vater erlaubt«, antwortete er.

»Dann sollen Sie jeden Morgen einen frischen Blumenstrauß haben«, fuhr sie lebhaft fort. »Ole hat mein Gärtchen angelegt, und ich habe es gepflegt. Jetzt blühen Goldlack, Nelken und Reseda darin.«

»Herrlich!« rief der Missionar. »Aber wie geht es dem Gärtner, dem guten freundlichen Olaf?«

»Da steht er ja«, lachte das hübsche Mädchen, indem sie nach der Tür deutete, wo ihr Begleiter bescheiden noch immer im tiefen Schatten stand.

»Ei, Olaf Holmböe«, rief der Propst, »bist du da, mein Sohn? Sei gegrüßt und gesegnet! Ich bringe manchen Gruß mit von Freunden und Verwandten aus den Bergen.«

Er umarmte den jungen Mann, der nun hereingetreten war, und hielt ihn bei den Händen fest, indem er ihn beim Schein der Lampe betrachtete. Dann strich er das dunkle Haar von Olafs Stirn, klopfte ihm väterlich auf die Schulter und sagte einige Worte in den tiefen Gutturallauten der lappischen Sprache, welche niemand verstand. Die kurze Antwort, welche Olaf gab, hatte ein paar weitere Worte zur Folge, dann wandte sich Stockfleth zu dem Kaufmann.

»Ich sagte ihm soeben, daß ich ihn nicht sehr wohlaussehend finde. Er antwortete mir, daß er gesund und froh sei.«

»Was soll ihm auch fehlen?« rief Hvaland. »Er ist ein feiner Herr, der nichts zu tun hat, als dann und wann Küsterdienste zu verrichten und zur Winterzeit den Kindern der Böelappen, Finner und Quäner etwas Lesen und Schreiben beizubringen. Dafür hat die Regierung ihm Haus und Feldstück gegeben und zahlt ihm obenein zweihundert Spezies jährlich. Es ist freilich kein Geld, um viel zu vertun, aber Olaf mag zu mir kommen, wann er will, er findet seinen Platz am Tische. Rechts und links gibt es auch noch manche Nachbarn, die ihn gelegentlich für ihre Kinder brauchen könnten, wenn er wollte; so ist es denn zum Durchkommen und selbst zum Sparen. Ist es nicht so, Olaf Holmböe? Sage die Wahrheit, wo dein eiserner Topf vergraben ist!«

Hvaland spielte damit auf die Gewohnheit der Lappen an, alle ersparten Speziestaler in eisernen Töpfen irgendwo in der Wüste zu verbergen, wodurch jährlich bedeutende Summen verlorengehen, denn selbst auf dem Totenbett können sie sich selten entschließen, Frau und Kindern den Ort anzuvertrauen, wo der Schatz liegt.

Der Kaufmann lachte über seinen Witz, und Stureson stimmte ein, während ein rötlicher Schimmer Olafs gelblich bleiches Gesicht überflog, das mit düsterem Ausdruck sich niedersenkte. Die schmächtige Gestalt des jungen Mannes schien einige Augenblicke von einem leisen Zittern bewegt zu werden, er konnte keine Antwort finden als ein unmerkliches Schütteln des Kopfes, das ein neues Gelächter des Kaufmanns zur Folge hatte.

»Nicht?« rief Hvaland, »sparst nichts? Aber was zum Henker fängt er mit dem Gelde an? Ich glaube beinahe, die Spitzbuben aus den Bergen nehmen es ihm ab, wenn sie dann und wann zum Besuch kommen. Oder er trägt es ihnen hinauf, wenn er, wie kürzlich erst, von der Sehnsucht nach Rentier und Gamme ergriffen wird, von der ich Ihnen vorhin erzählte, Sorenskriver Stureson.«

»Wenn das der Fall wäre«, sagte Stureson spottend, »so müßte man darauf antragen, das hohe Gehalt des Schulmeisters herunterzusetzen.«

Mit einem festen Blick, dessen Unbeweglichkeit den Landrichter reizte, sah ihm Olaf ins Gesicht, ohne etwas zu erwidern. Stureson hatte große Lust, ihm seine Überlegenheit zu beweisen, aber er verachtete das armselige Geschöpf fast noch mehr, wie er ein Gefühl des Widerwillens empfand und unterdrückte. Der Schulmeister war seines Vorgängers Schützling und Pflegesohn, schon deswegen mochte er ihn nicht, aber es lag auch etwas in seinem Wesen und seinem Aussehen, was er nicht leiden konnte. Wäre dieser Lappe gewesen, wie sonst Lappen sind, mit breiter Nase und rötlichen Katzenaugen, dabei kriechend demütig und ekelhaft schmutzig, würde er mich vielleicht belustigt haben, dachte der Landrichter für sich.

Allein dies besondere Exemplar, an welchem sich die Bildungsfähigkeit seines Stammes offenbaren sollte, schien mit Selbstgefühl und Ansprüchen begabt zu sein.

Wenn es wahr ist, daß geistiges Leben die unschönen Züge eines Gesichtes veredeln kann, so war Olaf Holmböe ein Beweis dafür. Seine schwache Gestalt hatte nichts von dem krüppelhaften und unförmigen Wuchs vieler seiner Unglücksgenossen. Er war schlank, doch seine Schultern breiter, als sie sein sollten. Seine Züge erinnerten dabei wohl an seine Abstammung, aber bei alledem waren sie keineswegs häßlich, denn aus den kleinen schiefgeschlitzten Augen strahlte ein Feuer, das dem Ganzen zugute kam und ihm einen eigentümlichen Reiz gab. Sein schlichtes schwarzes Haar fiel reich und fein über eine wohlgebildete Stirn, seine gelbliche Hautfarbe stach gegen die weiße Halsbinde fremdartig ab, und sein schwarzer Rock war so sauber, als halte er viel darauf, gerade die größte Untugend seines Volkes nicht an sich zu dulden.

»Es ist Scherz, Ole«, lachte der Kaufmann, als er den starren Blick bemerkte, »Scherz von dem Sorenskriver, der dein Gönner und Beschützer sein wird so gut wie Holmböe, wenn du dich danach hältst. Setz dich nieder hier, nimm dein Glas und trinke mit uns. Bist ein armer Tropf, aber ein anstelliger Bursch, der es verdiente, besser geboren zu sein. Nimm dein Glas, sag ich. – Und nun, Mary, lauf hinaus und sieh, wie es mit Tisch und Küche steht. – Werdet zufrieden sein müssen, Ihr Herren, mit dem, was ich zu geben vermag. Eine Schüssel frischen Kabeljau und ein paar Lachsforellen samt einem halben Dutzend Vögel, die Olaf heute geschossen und mitgebracht hat, wird so ziemlich alles sein, was Mary aufträgt.«

Nach einer Viertelstunde führte er seine Gäste in das große Wohnzimmer, wo ein feines Leinentuch und englische blaue Fayenceteller ihnen entgegenblitzten. Eine ungeheure dampfende Schüssel stand in der Mitte, und da Fische und Vögel trefflich gefunden wurden und Stureson und Stockfleth den besten Appetit zeigten, so verschwand bald der größte Teil der guten Speisen.

Das Flaschenfutter und der blanke Teekessel erschienen dann nochmals wieder, aber es war spät geworden, und nach einigen rasch geleerten Gläsern hielt Stureson es für Zeit, sich ins Bett zu begeben.

Im oberen Geschoß des Hauses war eine nette Kammer für ihn bereit, und lange noch, als er unter den weichen Decken lag, überlegte er die Verhältnisse und schlief endlich unter vielen angenehmen Vorstellungen ein.

In einem Hause von Holz dröhnt jedes Wort und jeder Schritt durch Decken und Wände, und wäre der Landrichter nicht sehr ermüdet gewesen, würde er ziemlich früh aufgeweckt worden sein von dem Lärm im Packhause und an der Bucht, wo die Jachten des Kaufmanns mit Tranfässern beladen wurden und Boote zum Fischen ausfuhren, sowie von dem Lärm im Hause, wo Christie Hvaland seinen Kramladen geöffnet hatte und den umwohnenden Leuten allen möglichen Lebens- und Wirtschaftsbedarf verkaufte.

Ein solcher Kramladen enthält alles, was der Mensch nötig hat, es ist das bunteste, denkbare Allerlei. Hier stand der rührige Kaufmann mit zwei Gehilfen zwischen Haufen von Kleidungsstücken aller Art für Frauen und Männer, zwischen Stiefeln und Linnen, Eisenwerkzeug und Hanfschnüren, Angelhaken und Porzellan, Nähnadeln und Ankertauen. Aus zahllosen Kasten und Fächern sahen seine Vorräte heraus, und neben ihm lag sein großes Rechenbuch auf dem Tisch, worin jeder Fischer und Anwohner sein besonderes Konto hatte.

Bares Geld brachte ein Käufer selten oder nie zum Vorschein, denn jeder nahm auf Borg, was er bekommen konnte; aber darin besteht eben die Kunst des Kaufmanns in den Fjorden und der Gewinn, welcher ihn reich macht, während die ganze Masse des Volkes bei aller Mühe, Not und Plage jahraus, jahrein arm und elend bleibt und immer tiefer in die Schuldbücher hineingerät. Christie Hvaland aber war einer der Schlauesten, der genau wußte, wie weit er bei jedem gehen konnte, bis sie ausgepreßt waren wie Zitronenschalen und fortgeworfen werden mußten.

Den rüstigen Fischern, welche noch eine Hütte und ein Boot hatten oder die ein Stück Land und eine Kuh besaßen, gab er gern und schwatzte immer mehr auf, als sie wollten; er durfte sie nicht aus seinem Buche lassen. Die Alten und Armen wurden härter behandelt, Umstände gemacht und ihnen so wenig wie möglich zugeteilt; daneben wurden andere, welche keine Aussicht mehr boten, abgewiesen, und statt des Mehls, der Grütze, des Branntweins oder der Fischgeräte, die sie begehrten, empfingen sie Drohungen, wie Gesetz und Richter ihnen bald zeigen sollten, daß des Kaufmanns Langmut erschöpft sei.

Es war an diesem Morgen ein starkes Geschäft im Kramladen, weil viele Boote auf den Sommerheringsfang in die Sunde gingen, und Christie drückte den Männern die rauhen Hände mit mancherlei Späßen und vielen Glückwünschen auf reichen Fang. Er wußte recht gut, und bei dem Gedanken glänzten seine listigen Augen vor Freude, daß, mochten sie alle Fische fangen, die das Meer beherbergte, diese Fische doch nur ihm gehörten, ihm abgeliefert werden mußten, und der allerreichste Fang niemals hinreichen konnte, die Sklaven zu freien Männern zu machen.

»Ist für alles gesorgt«, lachte er, nachdem er in jedem Konto das Doppelte aufgeschrieben, was er wirklich gegeben, und nun überließ er seinen Dienern das Aufräumen, klappte sein Buch zu und begab sich in das Besuchszimmer, wo er die Töne des Klaviers hörte.

Es war Mary, die dort ein Musikstück übte, aber rasch aufsprang und ihrem Vater entgegenging, als sie ihren Namen hörte.

»Mach keinen Lärm in der Frühe«, sagte Hvaland, »weckst unsere Gäste damit auf, die einen gesegneten Schlaf halten.«

Das Mädchen lachte. »Der Sorenskriver«, sagte sie, »scheint freilich ein Langschläfer zu sein, der Propst aber ist schon auf und ausgegangen, um Olaf zu besuchen.«

»So laß ihn laufen«, rief der Kaufmann, »mag gern so wenig wie möglich mit ihm zu tun haben. Was aber Stureson betrifft, so ist das ein Mann, der warmgehalten werden muß. Wenn's möglich ist, soll er heut noch bei uns bleiben. Ist es nicht so, Mary?«

»Was soll es sein, Vater?« fragte sie.

»Gefällt er dir nicht?« fuhr er fort, indem er sie listig anblinzelte. »Ist ein feiner stolzer Mann, ein ganz anderes Gewächs wie der alte mürrische Holmböe, der mit Stockfleth und ein paar anderen Volksvätern zusammen uns lange genug zu schaffen gemacht hat.« Er lachte vor sich hin und sagte dann: »Habe heute morgen im Kram schon daran gedacht. Die Narren hatten jahrelang daran gearbeitet, uns Fischer, Quäner und Lappen auf den Hals zu hetzen. Wollten es dahin bringen, wie sie sagten, daß das Volk Einsicht über sein Wohl erhalte. Wollten es zur Mäßigkeit und Ordnung führen, Holmböe durch Gesetz und Recht, Stockfleth durch Religion. Wollten die hungrige dumme Menge von den Kaufleuten und ihren. Rechnungsbüchern befreien, es dahin bringen, daß wir bar ihren Fischfang und ihre Dienste bezahlen, und sie bar von uns ihre Waren kaufen! Wollten uns unser gutes altes Recht nehmen, uns ausplündern, neue Kaufstellen gründen und mit Leuten nach ihrem Sinne besetzen! Aber Gott hat es verhindert. Nun ist Holmböe tot, gestorben im Jammer um verfehlte Hoffnungen, wie sie sagen, und sein Nachfolger ist der richtige Mann, der besser versteht, was es heißt, mit uns gehen oder mit dem Lumpengesindel.«

Er war auf und ab gegangen, während er sprach, und blieb dann vor seiner Tochter stehen, die er zärtlich betrachtete. »Nun«, rief er im Gefühl väterlichen Stolzes, »siehst frisch und gut aus, Mary, und bist Christie Hvalands einziges Kind. Mußt dem Sorenskriver zeigen, daß die Pension Geld gekostet hat, mußt ihm heut beweisen, daß du Künste gelernt hast, wie sie feine Damen verstehen.«

Das Mädchen errötete. »Wenn Olaf kommt, wollen wir Musik machen«, antwortete sie leise.

»Ja, höre«, sagte er, seine Pfeifenspitze auf ihre Schulter legend, »was den Ole betrifft, so sage du ihm im Vertrauen, er soll, wenn Herr Sturesön mit ihm spricht, bescheiden sein, wie es sich für ihn schickt.«

»Olaf Holmböe hat kein Wort mit ihm geredet«, entgegnete Mary, indem sie den Vater fest anblickte.

»Aber er hat ihn angesehen, wie ein Wolf hat er ihn angesehen, der im Malself-Traesk auf ein Rentier lauert!« rief der Kaufmann. »Es war ein wilder, starrer Blick, vor dem der Sorenskriver rot wurde und die Lippen bog, bis er ihn verachtete und sich umwandte – ich habe es wohl bemerkt. Warne den Burschen, er soll demütig sein, soll bedenken, wer er ist. Mit einem Lappen macht man keine Umstände. Helmböe ist tot, ein Fußstoß wirft ihn dort hinaus« – er deutete auf die Felsen – »dann mag er zu seinen Vettern und Brüdern wandern.«

Hier wurden sie unterbrochen, denn Sturesön erschien und wurde von dem Kaufmann mit Freude empfangen. Der Landrichter sah heute weit stattlicher aus, als es gestern der Fall war. Meer, Sonne und Luft hatten ihm auf der langen Reise hart zugesetzt, nun aber kam er erfrischt durch Schlaf und Ruhe, gewaschen und gekämmt, rasiert und rein vom Wirbel bis zur Zehe. Er hatte seine Koffer geöffnet, feine Wäsche und frische Kleider angelegt und bemerkte recht gut, daß er dadurch in Hvalands ehrerbietigem Wohlwollen stieg und auch Marys Augen neugierig auf ihn blickten.

Der Kaufmann äußerte seine Wünsche, den Gast wenigstens heute noch hier zu behalten, aber er fand Bedenken bei Stureson, der sich nicht halten lassen wollte. Lächelnd zählte der Landrichter alle Gründe auf, die ihn bestimmten, rasch an den Malanger Fjord in sein Haus und an die Arbeit zu gelangen.

»Ein Tag tut es freilich nicht«, entgegnete er auf die erneuten Bitten, »aber das ganze Leben besteht aus Tagen, und ein kluger Mann schätzt nichts höher als die Zeit. Nun habe ich überdies viele Geräte und Möbel vorausgeschickt, andere kommen nach, ich will sehen, wie ich wohne, und muß fürchten, kein so stattliches Haus vorzufinden, wie Sie es besitzen, mein werter Freund.«

»Es ist ein gutes, warmes Haus«, erwiderte Hvaland, »und obwohl es nicht allzu groß ist, hat Holmböe doch für manches gesorgt. Hat einen Gatten angelegt, seltene Pflanzen gezogen und den Boden rund umher mit großer Mühe und vielen Kosten fruchtbar gemacht. Ist die schönste Besitzung geworden, die man sehen kann.«

»Das soll uns zustatten kommen«, lachte Stureson. »So müht sich der eine um den anderen und weiß nicht, für wen er arbeitet. Das Haus aber will ich nach meinem Geschmack schon ausbauen und einrichten; ich liebe es, bequem und behaglich zu wohnen, und denke, meine Freunde und Nachbarn sollen mit mir zufrieden sein, wenn sie mich besuchen.«

»Macht denn mit der Zufriedenheit gleich den Anfang, Sorenskriver, und bleibt heut bei uns«, sagte Hvaland dringend. »Schickt das Boot zurück, morgen soll mein eigenes Kirchenboot Euch nach Hause bringen.«

»Wenn ich auch wirklich darauf einginge«, erwiderte Stureson, »habt Ihr nur Last und Beschwerden daran, und darf ich glauben, daß Jungfer Mary, die kein Wort gesagt hat, mich auch gern bleiben sieht?«

Er neigte sich dabei zu Mary hin, die verwirrt errötete, während ihr Vater mit einer kräftigen Beteuerung behauptete, daß seine Tochter es ebenso sehnlich wünsche wie er selbst.

»Ja, wenn ich das hoffen darf!« rief der Landrichter.

»O gewiß, glauben Sie es, Herr Stureson«, antwortete Mary, »des Vaters Wunsch ist auch der meine. Wir können nichts Lieberes wünschen, als einem so werten Gast recht lange zu gefallen.«

»Dann muß ich bleiben, weil Sie es befehlen«, fiel Stureson ein, indem er sich höflich verbeugte, und fügte, ihr die Hand reichend, schmeichelnd hinzu: »Ich hoffe, Jungfer Mary, daß der heutige Tag mir ein froher und erinnerungsreicher Tag sein werde, indem ich Ihnen beweisen kann, wie gern ich ihn in Ihrer Gesellschaft verlebe.«

»Wenn wir einem verwöhnten Herrn aus dem Süden nur mehr zu bieten hätten«, antwortete Mary freundlich, aber zurückhaltend. »Doch was wir haben, ist gar wenig.«

»Ich nehme alles an«, fiel der Landrichter erneut ein, »und werde sehr damit zufrieden sein.«

»So wollen wir Ihnen zeigen, wie schön es hier ist. Oben auf den Felsen kann man weit hinaus über viele Fjorde und auf die Schneegipfel und Inseln schauen. Wenn wir zurückkehren, scheint die Sonne in mein Gärtchen, und wenn Sie Musik lieben oder selbst treiben, so haben wir hier ein Instrument.«

Stureson griff ein paar Oktaven, um zu zeigen, daß er etwas davon verstehe, dann sagte er: »Meine Kunst ist gering, ich habe nie Zeit und Ausdauer genug gehabt, aber ich liebe Musik über alle Maßen und bringe einen schönen Flügel aus Wien mit, der Ihnen besser gefallen soll als dies Klavier. – Was Sie aber auch tun wollen, Jungfer Mary, ich will gern folgen, sehen und genießen!«

Der Kaufmann mischte sich ein; er hatte gern gehört, was Stureson sagte, und ebenso gern seine Blicke, Mienen und sein ganzes Benehmen betrachtet, was er heimlich berechnete und ein Fazit herausbrachte, das der Rechnung des Landrichters ziemlich nahe kam. Während des Frühstücks dachte er weiter darüber nach und beobachtete Stureson, der sich fortgesetzt mit Mary unterhielt, ihr von Tronthjem erzählte, einzelne Personen kannte, die sie gekannt hatte, mit ihr scherzte und lachte und von seinen reichen und angesehenen Verwandten sprach, welche überall im Lande wohnten, alten Familien angehörten und hohe Ämter bekleideten. Dazwischen erzählte er auch manches von sich selbst, von Unglück und Leid, das ihn getroffen, von Kränkungen, die er erfahren, und berührte nebenher, daß er allein und frei in der Welt stehe, nachdem der Tod ihm genommen, was er besessen. Er sprach gelassen und offen davon, aber sein stolzes, hartes Gesicht blieb nicht ohne Empfindung; das schmerzliche Lächeln, das darüber hinflog, erweckte Teilnahme. Marys Augen hingen tröstend an dem großen, kräftigen Mann, der so mild und traurig von seinem Schicksal sprechen konnte.

»Nun aber ist es überwunden«, rief Stureson dann, und seine Blicke glänzten wieder feurig und froh, »ich stehe hier auf meinen Beinen, habe ein Leben vor mir, das Freude verspricht und Wohlsein, und denke, ein Mann muß den Kopf aufheben und mutig erwerben, was ihm fehlt!«

»Recht gedacht«, sagte Hvaland, »und hier, Herr Stureson, liebt man Männer, die kühn und gewaltig sind. Habt es hinter Euch, was Sorgen macht, laßt uns an das denken, was Sonnenschein in Euer Haus bringt.«

Dann durchwanderte er mit seinem Gast die weitläufigen Vorratsräume, Packhäuser und Warenhäuser, welche den Wohlstand ihres Eigentümers bezeigten. Fünf große Bergenfahrer hatten die Masse des Stock- und Salzfisches fortgeschafft, aus deren fetten Lebern die mächtigen Trantonnen gefüllt waren, welche jetzt oben nach dem Handelsplatz geschafft werden sollten. Aus allem, was Christie Hvaland sagte, leuchtete hervor, daß er zu den Reichsten im Lande gehörte, und als er endlich mit dem Landrichter und Mary den Felsengürtel hinaufstieg, in dessen Schutze das Haus lag, ergab sein Gespräch, daß ihm der größte Teil des umliegenden Landes, die Fischerhäuser an der weiten Bucht, die bebauten Striche und der Wald in den Schluchten gehörte, welcher tief ins Gebirge, bis an die Berdoelf hinlief.

Der Tag war so schön wie der vergangene. Die Sonne funkelte vom fleckenlosen Himmel über das glänzende Meer. Über die Halbinsel von Lenvig hinaus konnte man den breiten Malanger Fjord erkennen, und unter dem Birkengebüsch, mitten im Wiesengrün des schönen Grundes lag das Haus des Kaufmanns, als sei es auf den saftigen Matten eines englischen Parks erbaut.

Während Hvaland die Namen ferner und naher Berge, Inseln, Kaufstellen und Plätze nannte und Mary ihm einhalf, dachte Stureson noch ernsthafter über das nach, was ihm gestern abend eingefallen war und womit er am Morgen aufwachte. Er fand, daß es gar nicht übel sei, der Schwiegersohn dieses filzigen Tranhändlers zu werden, der so viel Waren, Land und Geld und nur die eine Erbin besaß. Als klug rechnender Mann hielt er es freilich vor allen Dingen nötig, zuvörderst genauere Nachrichten einzuziehen und zuzusehen, ob nicht etwa noch eine bessere Partie zu machen sei als diese. Wenn aber der Schein nicht trog, so war er seiner Sache gewiß. Er war mit der Absicht gekommen, sich hier eine Frau zu nehmen; verständige und erfahrene Leute hatten ihm gesagt, daß ohne Frau und Häuslichkeit in diesen Einöden das Leben nicht zu ertragen sei, und hatten ihm den Rat erteilt, aus der reichen Aristokratie der Kaufleute sich ein Mädchen zu wählen, das mit ihrem Geld ihm zugleich die ganze angesehene Verwandtschaft mitbrächte.

Dieser Rat war auf fruchtbaren Boden gefallen. Im Süden hätte Stureson lange suchen müssen, ehe eine nach seinen Wünschen ihm die Hand gereicht hätte. Sein Ruf war schlecht, seine leichtsinnigen Handlungen, sein Leben und Charakter genugsam bekannt. Hier hatte nun der Zufall ihn sogleich mit Mary zusammengeführt, was er als einen Wink des Schicksals betrachtete und keinen Augenblick zweifelte, daß dies einfältige Ding leicht von ihm gewonnen werden könnte. Eines Stockfischhändlers und Krämers Tochter, und wäre sie noch so dicht mit silbernen Spezies behangen, mußte aber jedenfalls gern den Landrichter Stureson nehmen, der wohl einmal sogar Amtmann werden konnte. Mit diesen Gedanken betrachtete er das Mädchen, das obenein einigen Anstand besaß und ein leidliches Gesicht hatte.

Nach kurzer Zeit stieg Hvaland wieder hinunter, denn die Geschäfte in den Packhäusern erforderten seine Gegenwart. Er hatte jedoch seine Tochter aufgefordert, den Gast bis in die tiefste Spitze der Meeresbucht zu führen, wo der Blick auf Senjenöe und auf die eisigen Fjellen, welche dies Gewirr der Fjorden im Norden und Süden trennten, viel herrlicher sein sollte.

Stureson benutzte diesen Spaziergang, um seine ganze. Liebenswürdigkeit geltend zu machen. Er war so galant und unterhaltend, wie er es zu sein vermochte, und da er früher im Rufe eines Unwiderstehlichen gestanden hatte, schien es ihm sehr leicht, dies Kind zu erobern.

Seine lustigen Geschichten, Scherze und Anspielungen wurden freundlich aufgenommen. Mary lachte über seine Fragen und antwortete oft geschickter, als Stureson es ihr zugetraut hätte. Der Weg an der Bucht entlang führte über wildes Gestein, durch Birkengestrüpp und endlich steil hinauf zu einem Klippenvorsprung, welcher das Ziel dieser Wanderung war.

»Soll ich Ihnen meine Hand bieten, Jungfer Mary?« fragte Stureson, als sie vor ihm her über die hohen Felsblöcke stieg.

Das junge Mädchen dankte, indem es so behend vorauseilte, daß der Landrichter sie mit aller Mühe nicht einholen konnte. An der höchsten Spitze bildete der Felsvorsprung ein kleines Plateau, zu welchem mehrere stufenförmig übereinandergelegte Steine führten.

»Da Sie meine Hand verweigert haben«, sagte Stureson lächelnd, »so bitte ich jetzt um die Ihrige. Strecken Sie sie aus, Jungfer Mary, und helfen Sie mir an Ihre Seite.«

Mary bot ihm die Hand, und im Augenblick stand er neben ihr. Die Sonne schien warm, er war erhitzt und außer Atem.

»Man sieht es«, sagte sie mutwillig, »daß Sie nicht gewöhnt sind, beschwerliche Pfade zu gehen. Aber sehen Sie sich um, Herr Stureson, wie die Mühe sich lohnt. Ist es nicht schön hier?«

Der Landrichter setzte sich auf eine Art Bank und erwiderte schmeichelnd: »Das Schönste, was zu sehen ist, sehe ich vor mir. Das übrige ist freilich artig genug, doch Meer und Felsen, kleine Täler dazwischen und Eisberge sieht man überall, auch im Süden. Ich meine aber, dies muß Ihr Lieblingsplätzchen sein, Jungfer Mary, und deshalb ist es mir besonders wert.«

»Ich komme freilich oft hierher«, entgegnete sie.

»Und diese Bank ist für Sie aus Steinen zusammengebaut?«

»Olaf Helmböe hat es getan«, war ihre Antwort. »Er erklimmt leicht die schroffsten Spitzen, denn er ist ein kühner Jäger. Mir aber würde es schwerlich möglich gewesen sein, hier heraufzukommen, wenn er die Stufen nicht gelegt und den Pfad, so viel sich tun ließ, geebnet hätte.«

»Der Schulmeister also begleitet Sie zuweilen?« fragte Stureson und konnte ein spöttisches Lächeln nicht unterdrücken.

»Er sitzt oft hier, um zu lesen, oder wenn er die Geige spielt. Das müssen Sie hören, Herr Stureson, es ist merkwürdig und ergreifend. Dort unten wohnt er – in dem Hause!«

Sie deutete in einen Grund nieder, der zwischen Felsen und Birkengesträuch in der Tiefe lag und wunderbar schön und still aussah. Saftiges Gras bedeckte ihn, und nahe an einem schäumenden Bach, der aus den Felsen hervorsprudelte, lag das kleine Blockhaus, rötlich gefärbt, mit hellen Fenstern und einem Dach aus Birkenrinde, umgeben von einem Gartengehege mit Blumenbeeten und Obststräuchern, das durch Olafs Fleiß entstanden war. Niemand aber ließ sich sehen, und in dieser lautlosen Ruhe schien das Haus wie auf einer verlassenen schönen Insel zu liegen.

»Das sieht behaglich aus«, rief Stureson, »viel zu gut für einen Burschen von so elender Abstammung!«

»Sie müssen nicht so von ihm sprechen«, erwiderte Mary ernsthaft. »Olaf Holmböe ist ein Mann, der Ihre Beachtung verdient.«

»Meine Beachtung – o ja!« sagte der Landrichter. »Schon deshalb, weil Sie seine Beschützerin sind!«

»Warum sollte er meinen Schutz nötig haben?« versetzte sie ruhig. »Er hat jedoch mehr gelernt als alle Männer hier umher, und was er sagt und denkt, ist gut und verständig. Er wohnt bescheiden und still dort in dem kleinen Haus, tut jedem wohl, soviel er vermag, hilft und rät den Leuten, die zu ihm kommen, und beleidigt niemanden.«

»Das ist eine lange Lobrede«, rief Stureson, »ich beneide ihn darum! Sie kennen den bescheidenen Schulmeister schon lange?«

»Ich habe ihn früher schon gesehen«, antwortete Mary, »als er in Holmböes Haus lebte, der ihn wie sein Kind hielt. Der alte Mann hatte ihn einst tief in den Roskefjellen getroffen, wo Olaf Vieh hütete und, an einem Wasserfall sitzend, auf seiner kleinen Violine spielte.«

»Und er glaubte einen großen Virtuosen aus ihm machen zu können«, unterbrach sie Stureson, »ein lappisches Genie, das durch die Welt reisen und sich bewundern lassen könnte!«

Mary schwieg, aber bei seinen spöttischen Worten kam ein Unwille über sie, den sie nicht verbergen konnte.

»Nun immerhin«, lenkte Stureson ein, »es ist genug aus ihm geworden, und wenn er mein Wohlwollen verdient, will ich mich gern seiner annehmen.«

Er folgte mit seinen Blicken den Augen des jungen Mädchens, das nach Olafs Haus hinabschaute, und sah dort die Türe sich öffnen und zwei Männer, begleitet von einem gelben zottigen Hund, heraustreten. Nach ihrer Kleidung zu urteilen, waren es unzweifelhaft Lappen. Sie gingen rasch durch das Gehege, stiegen an dem Felsen hinauf und kamen ziemlich nahe an der Stelle vorüber, wo Mary und der Landrichter saßen. Plötzlich stand der gelbe Hund still, streckte seine Nase in die Luft und stieß ein kurzes scharfes Gebell aus. Die beiden Männer blickten scheu zurück, und durch das Strauchwerk der Birken konnte Stureson ihre Gesichter erkennen.

»Häßliche, abscheuliche Teufel«, sagte er lachend, »gelbflatterndes Haar, diese kleinen roten Augen, weite Mäuler und platte Nasen. Ja, gegen diese schmutzigen verdammten Seelen ist der Bursche, der da unten wohnt, allerdings ein Wunder von Schönheit und ein Muster an Weisheit! Aber was hat er mit ihnen zu tun? Und wo sind die beiden geblieben? Sie haben uns doch nicht bemerken können.«

»Mein Vater sagt, ein Lappe sieht alles und hört noch mehr«, erwiderte Mary. »Der einzige Laut ihres Hundes hat hingereicht, sie wissen zu lassen, daß wir hier sind; wahrscheinlich aber wußten sie es schon früher, denn ehe das Tier anschlug, änderten sie die Richtung, und nun sind sie dort oben durch die buschige Schlucht gelaufen, hinter der das Malselffjeld aufsteigt.«

»Schlaue Burschen, trotz ihrer eingedrückten Köpfe, und behende Läufer, trotz ihrer unbehilflichen Gestalten«, lachte der Landrichter.

»Ein Lappe holt Rentier und Bär ein, sagt mein Vater, und auf seinen Alpen tut es ihm keiner gleich.«

»Waren dies echte Berglappen?« fragte Stureson.

»Sie trugen Büchsen auf dem Rücken, Jagdtasche und Pulverhorn«, antwortete das junge Mädchen, »das tut kein Böelappe, und die vom Fischen leben, sind zu arm dazu.«

»Und der Schulmeister da ist auch so ein wahrer Sohn der Wüste und des Sumpfes?« fuhr Stureson fort.

»Olaf hat Verwandte und Brüder, die mehrere tausend Rentiere besitzen. Möglich, daß die beiden Männer ihn nahe angehen.«

»Er gehört also zur lappischen Aristokratie, und diese Überzeugung erhöht mein Interesse!« rief Stureson. »Doch genug, Jungfer Mary, ich denke, wir kehren um und retten uns vor der Sonnenhitze.«

Mary schlug vor, einen anderen Rückweg zu wählen, und Stureson war es zufrieden. Sie führte ihn von der Meeresbucht abwärts, zwischen den Felsen hin in einen größeren Grund, wo mehrere Hütten standen, die von kleinen Feldern umgeben waren, auf welchen Kartoffeln, Hafer und Gerste angebaut wurden.

»Das alles sind Böelappen«, sagte sie, »welche der Sorenskriver Holmböe hier angesiedelt hat. Es sind fleißige Leute, die sich wohl befinden, ihre kleinen Felder vergrößern, dabei Fischfang treiben, aber sehr stolz sind.«

»Stolz?« rief der Landrichter belustigt, »ei, worauf denn stolz?«

»Sie dünken sich viel besser, viel gesitteter und weiser als Quäner und Fischer und hassen aufs heftigste die Waldlappen, welche ihrerseits in ihrer wilden, vollen Freiheit in den Bergen diese Ackerbauern als herabgekommene, zur Knechtschaft erniedrigte Wesen betrachten.«

Stureson spottete noch über diesen Rang- und Kastenstreit, als aus der ersten Hütte, an welcher sie vorübergingen, derselbe Mann trat, den er am Abend vorher beinahe zu Boden geworfen hatte. Er trug denselben Glanzhut auf dem Kopf, dieselbe blaue Jacke und zeigte dasselbe breite grinsende Gesicht. Mit einer langsamen Bewegung nahm er den Hut ab und wünschte dem Herrn Sorenskriver Stureson viel Glück und Freude zum Willkommen im Lande.

»Und wer bist du, mein wohlunterrichteter Freund?« fragte dieser.

»Henrik Jansen ist mein Name«, erwiderte der kleine Kerl. »Allzeit zum Befehl meines hochwerten Herrn Sorenskriver.«

Stureson hatte große Lust, über die Bücklinge, Handschwenkungen und Untertänigkeitsbeweise zu lachen, dennoch aber fand er ein gewisses Behagen daran.

»Du baust hier das Land und scheinst ein wackerer Mann zu sein«, sagte er.

»Will's meinen«, erwiderte der Böelappe stolz. »Bin kein Buschläufer, kein Umhertreiber, sondern sitze hier auf meinem Erbe. Aber schlimm genug, hochwerter Herr Sorenskriver, wenn schuftige, elende, unwissende Burschen, Faulenzer und Tagediebe sich hier einnisten dürfen, die fortgejagt werden müßten, weil sie ihr Brot mit Sünden essen!«

Stureson schüttelte den Kopf und sagte zu seiner Begleiterin: »Was will er denn eigentlich, auf wen schimpft er so sehr?«

»Ich will es Ihnen sagen«, erwiderte Mary ruhig. »Dieser Mann war ebenfalls einst ein Schützling des alten Helmböe, der seinem Vater dies Land hier gegeben, dies Haus gebaut und ihn selbst mit Olaf zusammen in das Seminar von Trondenäes. geschickt hat. Dort aber wurde er seiner bösen Streiche und seiner Unfähigkeit wegen entfernt, und seit er hier seines Vaters Besitztum übernahm, bildet er sich ein, daß ihm das Schulmeisterhaus weit eher gebührt, und er hat es dahin gebracht, daß manche Böelappen ihre Kinder nicht mehr zu Olaf schicken, weil dieser von den Fjeldlappen stammt.«

Während Mary sprach, fletschte der kleine Lappe die Zähne, nickte und grinste und sah sie mit boshaften Blicken an.

»Es kommt mir auch zu, hochwerter Herr Sorenskriver!« schrie er dann, »mir – nicht aber dem Sohn eines Wolfs, einem krummbeinigen, unchristlichen gottlosen Lästerer, der zu den Seitas ins Gebirge, zu den Zauberkreisen und Opfersteinen der vermaledeiten Rentiermelker läuft, dort sich niederwirft und die Götzen anbetet. Ich hab's gesehen, habe es mit eigenen Augen gesehen und kann's beschwören!«

»Hören Sie sein Geschwätz nicht an«, sagte Mary weitergehend.

»Mein guter Henrik Jansen«, sprach Stureson lachend, »meine Sache ist es nicht, deine Ansprüche auf hohe Geburt und reine Abkunft zu prüfen oder deine Anschuldigungen zu untersuchen; wenn aber deine Reden wahr sind, so geh zum Vogt und mache ihm Anzeige. Das weitere wird sich finden.«

Er folgte dem jungen Mädchen nach, als er aber zurückblickte, stand der Böelappe noch immer mit abgezogenem Hut und machte ihm Bücklinge; dann deutete er auf Mary, hob seine Hand empor und drohte nach ihr, während er boshaft und höhnisch lachte.

Als Stureson seine Begleiterin wieder erreichte, stand diese auf der Anhöhe, und dicht zu ihren Füßen lag der Grund, in welchem Olafs Haus erbaut war.

Der Landrichter merkte, daß ihn seine Führerin wohl nicht ganz absichtslos mittels eines Umweges hierher gebracht hatte.

»Wir sollen also durchaus dem Hexenmeister einen Besuch machen?« fragte er.

»Ich will Sie zu Olaf führen, damit Sie selbst sehen, welche Lügner und Verleumder diese Kolonisten sind, die überall in schlechtem Rufe stehen ihres anmaßenden Hochmuts halber.«

»Ich glaube dem kleinen Kerl gar nichts«, antwortete Stureson, »aber immerhin bleibt es merkwürdig, daß dieser tugendhafte Schulmeister, der, wie Sie sagen, allen Gutes und Liebes erweist, bei seinen eigenen Landsleuten so vielen Haß und Widerwillen erregen kann.«

»Der arme Olaf!« rief Mary. »Bei den Normännern hilft es ihm nichts, sanft, gut und verständig zu sein, denn er ist ein Lappe. Bei den Lappen aber gelten seine Kenntnisse und sein besseres Wesen nichts, denn er hat sich von ihnen getrennt, ist ein Knecht der Herren des Landes geworden und hat das Kleid der Freiheit ausgezogen!«

Stureson beobachtete sie scharf – ihr ganzes Wesen schien vom Mitleid erfüllt. »Bei alledem«, sagte er nach einem Augenblick des Schweigens, »ist es aber doch möglich, daß dieser Bursche, wenn er halb toll in die hohen Fjelde läuft, an den Opfersteinen der alten Götter seines Volkes betet, wie seine Voreltern gebetet haben. Er sieht aus wie ein Träumer.«

»Er ist ein Christ, mehr als es viele sind, die diesen Namen führen«, erwiderte Mary lebhaft. »Lassen Sie uns bei ihm eintreten, ich will ihn ersuchen, nachmittags zu uns zu kommen, um Musik zu machen.«

»Er soll seine Geige mitbringen!«

Mary schüttelte den Kopf. »Er hat es noch nie getan«, sagte sie, »fordern Sie es nicht von ihm, aber er spielt das Klavier gewiß zu Ihrem Beifall.«

Sie waren währenddessen an der Seite des Hügels niedergestiegen und gingen über den schönen Rasen an dem Bach entlang, der mit einem Wasserfall aus den Felsen brach. Dann traten sie in den Garten. Mary öffnete die äußere Tür des Hauses, und durch einen kleinen Vorraum gehend, trat sie in das Wohnzimmer, dicht gefolgt von Stureson. Beide blieben an der Schwelle stehen, denn ein unerwarteter Anblick bot sich ihnen dar.

Propst Stockfleth saß auf einem niedrigen Stuhl, und vor ihm kniete der junge Mann, der sein Haupt in dem Schoß des Priesters verbarg. Die Hände des Missionars lagen gefaltet auf Olafs Kopf, er schien ein leises Gebet zu murmeln, das unverständlich sich in dem stillen Raum verlor.

Das Zimmer war niedrig, doch ziemlich groß, die Holzwände ohne Schmuck, die Fugen der Balken mit Moos verstopft, der Fußboden mit jungen Birkenblättern bestreut. Ein schwerer Tisch und einige Holzstühle bildeten die einzigen Geräte. Bretter liefen an den Wänden umher, auf welchen Bücher lagen, einige Kleidungsstücke hingen darunter und neben ihnen ein kurzes Gewehr mit ungeschicktem Schaft, Jagdtasche und Pulverhorn nebst einem anderen Instrument, das wie der verunglückte Versuch aussah, eine Geige daraus zu bilden.

Bei dem Geräusch an der Tür wandte sich der Missionar danach um, und im nächsten Augenblick stand Olaf neben ihm.

»Willkommen!« sagte Stockfleth ohne ein Zeichen der Überraschung. »Wir haben unser Gespräch und unsere Andacht beendigt. Es ist freundlich gedacht, Herr Sorenskriver Stureson, daß Sie Olaf in seiner stillen Häuslichkeit besuchen.«

»Gottes Frieden mit Ihnen, Herr«, fügte der Schulmeister hinzu. Er hob sein schwermütiges Auge zu dem großen, stolzen Mann und neigte sich demütig vor ihm.

»Wir haben auf Olafs Bank gesessen«, sagte das junge Mädchen, »und kommen nun hier vorüber, um ihn selbst einzuladen, den Nachmittag mit uns zu verleben. Unser werter Gast, Herr Stureson, soll von uns so angenehm unterhalten werden, wie wir es vermögen, ich bitte daher den Herrn Holmböe, auch dazu beizutragen.«

Der Schulmeister verneigte sich nochmals und blickte fragend zu dem Propst hin, der ihm lächelnd zunickte. »Was in meinen Kräften steht und Ihnen angenehm sein kann«, sagte Olaf mit seiner sanften Stimme, »wird immer für mich kaum der Aufforderung bedürfen.«

Stureson sagte ihm freundliche Worte und schien durch die bescheidenen, schüchternen Antworten des jungen Mannes mehr zufriedengestellt zu sein als durch sein früheres Benehmen. Wahrscheinlich hatte der Missionar ihm die nötigen Vorhaltungen gemacht und Vorschriften erteilt. Stureson bemerkte mit Genugtuung dies demütige und scheue Zurückweichen und die niedergeschlagenen Augen des Lappen, die ihn gestern so unheimlich stier und wild angestarrt hatten. Er fühlte sich erweicht und bot ihm sogar die Hand, als er ihm versicherte, daß er sich seiner annehmen werde, wie und wo es geschehen könne. Ein paar Zeichnungen Olafs in Bleistift und Kreide, an der Wand mit kleinen Nägeln befestigt und Ansichten des Fjordes darstellend, führten neue Lobsprüche des Landrichters herbei und diese steigerten sich noch, als Stockfleth erwähnte, daß es nicht leicht eine schönere Handschrift geben könne als die des Schulmeisters und allerlei Proben dies bestätigten.

»In Wahrheit, Herr Holmböe«, sagte Stureson, »Sie haben Kenntnisse und Fähigkeiten, die einen anderen Platz verdienten. Wären

Sie im Süden, würde es Ihnen besser gehen, aber auch hier muß für Sie gesorgt werden.«

»Ich bin zufrieden mit meinem Los«, erwiderte Olaf.

»Sie müssen an eine größere Schule, vielleicht nach Tromsöe, oder an das Seminar, oder nach Bodöe, kurz, in einen größeren Wirkungskreis.«

»Ich weiß«, erwiderte Olaf in seiner unterwürfigen Sanftmut, »daß ich vieles nicht erreichen kann, was anderen leicht sein würde.«

»Bah!« rief Stureson, »wir leben in einer aufgeklärten Zeit, die alle Vorurteile von sich wirft. Kommen Sie heute nachmittag zu Hvaland, wir wollen vergnügt sein, Herr Olaf, ich bin Ihr Freund, verlassen Sie sich darauf!«

Nach einem kurzen Augenblick des Schweigens fuhr der Landrichter fort: »Sie sollen ja auch ein Virtuose sein. Bringen Sie Ihre Geige mit, Sie müssen sich hören lassen.«

Olaf sah nach dem ungeschickten Instrument hin und sagte bittend: »Sie ist zerbrochen, es kann nicht sein.«

»Nun denn, ein andermal«, rief der Landrichter, »aber ich bin neugierig, sie zu hören. Jungfer Mary hat mir Wunderdinge von den Zaubertönen erzählt, die Sie aus dem seltsamen Holzblock hervorlocken können. Ich denke, Sie machen keine Umstände, Olaf; eben weil ich Ihr Freund sein will, habe ich ein Recht, von Ihnen alle Bereitwilligkeit zu begehren. Wenn wirklich etwas daran ist, wer weiß, wie sich dann Ihr Schicksal wenden kann!«

Olaf verbeugte sich mit derselben Schüchternheit, die er bei jedem aufmunternden Versuch des Landrichters zeigte, bis dieser endlich seine goldene Uhr herauszog und es hohe Zeit fand, nach Hause zurückzukehren.

Mit der wiederholten Aufforderung, pünktlich zu erscheinen und wenn möglich die Geige instand zu setzen, schied Stureson und führte unter Scherz und Gelächter Mary durch Olafs Gärtchen zwischen den duftigen kleinen Beeten hin, wo er Reseda und Nelken brach, um Hvalands Tochter ein Sträußchen zu überreichen.

Olaf blieb auf der Schwelle stehen. Seine Augen verfolgten die Scheidenden, und heftig zuckte es in seinem Gesicht, als Mary sich am Bach umwandte und leise grüßend lächelte und ihm zunickte.

»Denke an alles, mein Sohn«, sagte der Propst, welcher zuletzt ging.

»Mein Vater, ich denke« erwiderte Olaf, sanftmütig die Arme kreuzend, und sah seinen Gästen bewegt nach, bis sie alle drei hinter den Felsen verschwunden waren.

Der Tag verging sehr glücklich für den Landrichter, der seine Zeit gut anwandte, um sich der Gunst seines Wirtes zu versichern und sein angeknüpftes Verhältnis zu Mary durch neue Zeichen seiner Ergebenheit zu befestigen. So stolzen Sinnes, auffahrend und launenvoll Stureson war, so gut wußte er zu schmeicheln und sich zu fügen, wenn er es für nötig hielt, und heute war es ihm gelungen, alle zu gewinnen, da er jeden für seine Absichten gebrauchen konnte. Er verwandte deswegen auch keine geringe Mühe darauf, dem Missionar zu gefallen, dessen Einfluß auf Mary er sehr wohl erkannte. Die geistliche Würde des Propstes, seine große Gelehrsamkeit, sein christlicher Eifer, die Reinheit seines Lebens und seine milde Freundlichkeit sicherten ihm überall bei dem großen Haufen Achtung und Ehrerbietung. Mochten Hvaland und die reichen Kaufleute auch heimlich über ihn spotten, öffentlich wagte niemand, den ehrwürdigen Diener des höchsten Wesens anzugreifen, der im ganzen Lande bekannt und von der Regierung besonders geschützt und begünstigt wurde. Stureson war schlau genug, die Freundschaft des Propstes durch Eingehen auf dessen Lieblingsgedanken und Entwürfe zu suchen. Er hörte geduldig die langen Erzählungen an, welche die Bekehrung und Gesittung der Lappen zum Gegenstand hatten, und schlug sich beim Widerspruch Hvalands stets vermittelnd auf Stockfleths Seite. Ein anderer hätte vielleicht ein wirkliches Interesse an den Mitteilungen über die Lebens- und Seelenzustände des seltsamen Hirtenvolks in den Bergen genommen, ihm waren sie gleichgültig und innerlich zuwider; um so schärfer hörte er auf die Charakteristik der Handelsherren und ihrer Familien, deren Einfluß und deren Verbindungen und Vermögen, wobei es sich wiederum bestätigte, daß Hvaland einer der bedeutendsten sein mußte, denn von den meisten sprach er mit jener Art von Geringschätzung, welche die Unebenbürtigkeit an Geld, Gut, Besitztum und Macht auszudrücken pflegt.

Nach einiger Zeit brachte der Landrichter durch seine Fragen und Anmerkungen den Kaufmann zu einer Erklärung, die nicht ohne Bedeutung für ihn war.

»Kenne sie alle genau«, sagte Hvaland, »denn es kommen viele in mein Haus, und seit einiger Zeit finden sich manche ein, die mit ihren Vorzügen und guten Eigenschaften nicht hinter dem Berge halten. Ist mehr als einer darunter«, fuhr er lachend fort, indem er seiner Tochter einen listigen Blick nachschickte, »mehr als einer, der auf seine Tasche schlagen kann, und es klingt hell genug darin; aber es hat keiner noch geholt, was er hier suchte. Mir ist es recht, wollen mir auch nicht gefallen.«

»Mit Geld und Gut«, sprach der Propst, »läßt sich das echte Lebensglück auch nirgends eintauschen.«

»Bah!« rief der Kaufmann, »wenn gesprochen werden soll, Propst, so sag ich das von mir. Bin gesegnet vom Himmel mit mancherlei Gut, stehe darin niemandem nach, habe dabei nur das eine Kind. Mag sie wählen nach ihrem Herzen, sich und mir zur Ehre. Brauche keinen Schwiegersohn mit Jachten und vollen Taschen, habe selbst soviel, sie ihm straff zu machen, und damit genug. – Seht hinaus, Niels Stockfleth, da kommt der Olaf. Ein Lappe, und mag er noch so zahm gemacht sein, ist und bleibt ein eigensinniges Tier. Statt der Geige, die er mitbringen sollte, hat er sein verwettet Gewehr umgehängt und ohne Zweifel sich in den Jauren umhergetrieben.«

Langsamen Schrittes kam Olaf über den Rasengrund und traf nicht weit vom Hause mit Mary zusammen, die ihm entgegengegangen war. Stureson sah sie sprechen und Olafs Gesicht sich lächelnd neigen. Dann nahm er aus der Jagdtasche eine Anzahl Vögel, die schnepfenartig aussahen, und Hvaland nickte ihm durchs Fenster zu und sagte versöhnt: »Er ist doch ein guter Junge. Er hat die Spalten und Schluchten durchkrochen, um für uns diese trefflichen Tiere zu schießen, welche ganz herrlich schmecken, aber schwer zu bekommen sind.«

»Ist er ein so guter Schütze?« fragte Stureson.

»Schützen sind sie alle«, rief der Kaufmann, »da ist selten einer, der seine ungeschickte Büchse, die sie selbst schmieden und scharten, nicht zu gebrauchen versteht, daß man davor erstaunt. Das Ungeziefer – nehmt es nicht übel, Propst, daß ich Ungeziefer sage – schießt mit der Kugel Vögel im Fluge, und Wolf oder Bär kommen selten davon, wenn ein Lappe ihnen aufs Blatt hält.«

Der Landrichter lächelte verächtlich, indem er einen Blick auf das kurze schwere Gewehr warf, das Olaf in der Hand hielt.

»Macht einen Versuch, Herr Stureson«, sagte Hvaland. »Laßt uns hinausgehen, und gebt ihm ein Ziel. Ich glaube, er wird Euch Respekt abfordern.«

Sie gingen auf den Vorplatz, wo Mary und Olaf ihnen entgegenkamen.

»Hast uns lange warten lassen, Schulmeister«, sagte Hvaland, »wollen deine Musik nun später hören. Zeige jetzt dem Sorenskriver, daß du auch andere Künste kannst. Er will es nicht glauben, daß du zu schießen verstehst, beweise ihm, was ein gutes Auge und eine sichere Hand tun können!«

Stureson nahm lachend die Büchse des Lappen in Augenschein. Ein nicht zwei Fuß langer rostiger Lauf von gröbster Arbeit lag in einem noch roheren Stück Holz. Das ungeheure Feuerschloß war weit abgebogen, das ganze Ding sah aus, als könne kaum ein Schuß daraus geschehen. Der Sorenskriver legte an und erklärte, er sei auch ein Schütze, der sich nicht zu schämen brauche, allein mit diesem Dinge sei es ganz unmöglich, irgendeine Sicherheit der Lage und des Zielens zu gewinnen.

»Ich wette drei Spezies«, rief Hvaland, »er schießt die Möwe dort über der Bucht herunter!«

»Ich halte sie und was Ihr wollt dagegen!« entgegnete Stureson.

»Schieß, Olaf!« schrie der Kaufmann, »und triff, mein Junge. Will dir geben, was du fordern kannst.«

Olaf nahm die Büchse mit einer raschen Bewegung auf. Hoch über der Bucht zog eine der großen grauen Möwen ihre weiten Kreise. Er drückte Kopf und Hals dicht zusammen und klemmte zwischen beide den ungeschlachten kurzen Schaft seines Feuerrohrs ein. Nach einem Augenblick ohne Zielen und Besinnen donnerte der Schuß, und kopfüber stürzte der Vogel aus der Luft ins Meer.

»Gewonnen, Sorenskriver, gewonnen!« frohlockte der Kaufmann, in die Hände schlagend, und nahm mit Lust die drei neuen Speziestaler in Empfang, welche Stureson aus seiner Börse zog. Eine Minute lang schien Hvaland zu überlegen, ob er dem Schulmeister nicht eine Teilung anbieten sollte. Er hielt einen der Taler zwischen den Fingern fest, aber diese Anwandlung von Großmut wich schnell der besseren Überzeugung, daß das Geld dem unverständigen Burschen doch nichts nützen werde.

Mit seinem freundlichsten Grinsen klopfte er auf Olafs Schulter und sagte im Gönnertone: »Hast einen Meisterschuß gemacht, Olaf Holmböe, und wenn du morgen in meinen Kram kommst, sollst Pulver und Blei dafür mit nach Haus nehmen.«

Damit war die Angelegenheit abgetan, und Hvaland, in der besten Laune, nötigte seine Gäste wieder herein, ließ Kaffee für den Schulmeister bringen und hielt ihm sogar das Kästchen mit den Zigarren hin, indem er ihm selbst Feuer dazu machte. Dann wurde das Gestell von Ebenholz mit den schöngeschliffenen Flaschen wieder auf den Tisch gesetzt, der Vogt kam aus Oernen in seinem Boote, der Pfarrer fand sich aus Talvige ein, und nach einer Stunde war die Gesellschaft ungemein froh und heiter und ließ mit gefüllten Gläsern bald den Sorenskriver, bald den gastlichen Hausherrn, bald Jungfer Mary hochleben.

Als es spät wurde, mußte Mary ein Lied singen, weil ihr Vater es so haben wollte, dann kam Olaf an die Reihe.

»Singe alles, was du willst, du närrischer Bursche«, rief der angetrunkene Vogt, »aber vor allen Dingen laß uns einmal den Singsang hören, den du selbst gemacht hast und den der alte Helmböe – Gott hab ihn selig – für sein Leibstückchen hielt! Es ist ein lappisches Liedchen«, fuhr er zu Stureson gewandt fort, »was sonst die Lappen singen, wenn sie vor ihren Gammen sitzen und ärger quieken und grunzen wie die Schweine, ist zum Tollwerden, aber Olaf hat mit seinen kleinen Liedern und Melodien bewiesen, daß sogar diese verwünschte Sprache weich und harmonisch werden kann.«

»Wovon handelt das Lied?« fragte Stureson.

»Es sind Klagen eines Verlassenen, der Heimat und Liebe sucht oder so etwas«, lachte der Vogt, »aber es hört sich artig an, besonders wenn zwei Stimmen singen. Ich denke, Jungfer Mary wird sich bitten lassen, sie hat das Lied gelernt, ich habe es selbst von ihr gehört.«

Und so geschah es denn. Mary folgte der Weisung ihres Vaters, sie sang mit Olaf das Lied, von dem keiner ein Wort verstand, dessen Melodie aber so klagend und melodisch war, daß es wiederholt werden mußte, weil alle Zuhörer es wünschten.

Stureson erkannte Olafs Begabung recht gut, auch war er ein besserer Klavierspieler, als der Landrichter gedacht hatte. Eine gewisse Anteilnahme für den jungen Mann regte sich in ihm, aber auch ganz andere Empfindungen, als er die leuchtenden, langen Blicke bemerkte, mit denen der Schulmeister einige Male beim Singen und Spielen Mary betrachtete. Im nächsten Augenblick jedoch lachte Stureson über einen Verdacht, der ihm selbst höchst abgeschmackt und albern vorkam, und als Olaf aufstand, nachdem er verschiedene Proben seiner Fertigkeit gegeben hatte, und demütig und schweigsam den lobenden Dank entgegennahm, blieb der Landrichter nicht zurück, ihm von seinem Platze aus einige ermunternde und freundliche Worte zuzurufen.

»Wenn ich mein Haus am Malanger Fjord eingerichtet habe«, sagte er zu dem jungen Lappen, »so hoffe ich, dich manchmal dort zu sehen. Du sollst uns aufspielen bei freudigen Festen, denn du bist, meiner Treu, ein Bursch, der sich sehen lassen – oder wenigstens hören lassen kann«, fügte er, über seinen eigenen Witz lachend, hinzu.

Eine dunklere Färbung überzog Olafs Gesicht, aber der Propst legte die Hand auf seine Schulter und sprach: »Denke daran, mein Sohn, daß du mich morgen auf einige Tage begleiten sollst und, wie ich hoffe, bald für immer.«

»Als Missionar und Priester?« fragte Stureson.

»Als beides«, erwiderte Stockfleth. »Olaf besitzt alle Eigenschaften dafür. Er muß fort von hier, um seinen armen Brüdern zu lehren und zu predigen, die Regierung wird sicherlich einwilligen, und dann, Herr Stureson, wird er wohl nicht zu Tanz und Schmaus am Malanger Fjord aufspielen können.«

»Sie wollen uns den besten Musikanten entführen, Propst«, rief der Landrichter, »aber wir dulden es nicht! Was würde Jungfer Mary sagen, wenn ihr Freund und Lehrer sie verlassen wollte?«

»Ich denke«, erwiderte Mary, die schweigend zugehört hatte und deren Blicke auf dem jungen Mann ruhten, welcher seine Augen niedersenkte, »Olaf weiß, daß wir alle darum trauern würden, wenn er von uns ginge.«

»Bravo!« lachte Stureson, »also muß er bleiben. Wir haben auch unsere Pläne mit ihm, und wenn er vernünftig ist, wird er nicht seine glücklichen Gaben in der Wüste verbergen bei Rentieren und unter Gammen. Bei aller Achtung vor dem geistlichen Stande, Propst, meine ich doch, daß mehr in ihm steckt, als Sie denken. In diesem jungen Manne wohnt nicht der Glaube, sondern die Unruhe. Das ist kein Stoff, aus dem ein Priester gemacht wird, weit eher ein Künstler oder, wenn wir noch in romantischer Zeit lebten, ein kühner Anführer seines Stammes. Das bedenkt, Herr Niels Stockfleth. Mehr will ich nicht sagen.«

Das Gespräch über Olafs Zukunft wurde aber doch fortgesetzt, bis es anderen Gegenständen Platz machte, und Stureson ging zuletzt davon, als ihm das Geschwätz langweilig wurde. Er ging an der Bucht hinauf, stieg über die Felsen fort und sah nach einigen hundert Schritten nicht weit von sich den kleinen Kolonisten Henrik Jansen bei seinen Netzen am Strande beschäftigt.

Der Böelappe grinste ihn mit heuchlerischer Untertänigkeit an, schwenkte seinen Glanzhut und winkte ihm unter wunderlichen Gebärden einladend zu, das hohe Ufer hinabzusteigen.

»Was willst du von mir?« fragte Stureson, als er in seiner Nähe war.

»Still, Sorenskriver, still!« flüsterte Henrik, sich nach allen Seiten umschauend. »Hätte Euch wohl etwas zu sagen, und ist etwas, was Euch nahe angeht, aber es kommt darauf an, was Ihr dem Henrik Jansen dafür versprecht.«

»Also umsonst gibst du es nicht von dir?« sagte der Landrichter, verächtlich spottend.

»Nichts umsonst«, erwiderte der Böelappe grinsend und nickend. »Bin kein Bettler und Tagedieb, sondern ein Mann, der Eigentum hat. Wenn Ihr wüßtet, was ich weiß, Sorenskriver, es würde Euch warm machen vor der Stirn – und wenn es der alte Vater da wüßte«, er lachte dabei heiser aus vollem Halse, indem er sich die Seiten hielt und Sprünge machte, »hehe, Sorenskriver, er würde rot werden wie ein Krebs im Topfe!«

»Was weißt du, du Taugenichts!« rief Stureson.

»Weiß nichts, gar nichts«, erwiderte Jansen aufgebracht, indem er zu seinen Netzen umkehrte. »Bin kein Taugenichts, Herr, ein freier Mann, der Gesetz und Recht hat so gut als einer!«

Der Landrichter sah ein, daß er einen ganz verkehrten Weg eingeschlagen habe, um Henriks Geheimnis zu erfahren. Er war mehr belustigt als neugierig, aber er wollte nicht unbefriedigt bleiben.

»Nimm es nicht übel, Henrik Jansen«, sagte er daher vertraulich, »ich bin dein Freund und werde dir gern jeden Gefallen tun, den du begehrst. Ich müßte mich aber sehr irren, wenn du nicht etwas von deinem Nachbarn Olaf Holmböe zu berichten hättest.«

Der Kolonist kniff seine kleinen schielenden Augen zusammen, ballte die Faust und drohte damit über den Felsen hinaus in die Richtung, in der des Schulmeisters Haus lag. »Der Sohn von einem Hunde!« rief er. »Der Lump, der Dieb! Wenn er es wüßte, der alte Vater Hvaland, mit den Füßen stieß er ihn in den Fjord! Ließe ihn mit Fischleinen binden und auf einen Stein im Meere legen, bis die Flut ihn fortspülte!«

»Nun, lieber Henrik«, sagte Stureson, so ruhig er konnte, »sprich die Wahrheit und fasse dich kurz!«

»Wollt Ihr mir die Schulmeisterstelle verschaffen?« fragte der Lappe lauernd.

»Alles und mehr sollst du haben, je nachdem ich dich gebrauchen kann«, erwiderte der Landrichter. »Jetzt rede!«

Was der Kolonist ihm mitteilte, setzte Stureson in wachsendes Erstaunen, aber er beherrschte den Zorn, der ihn immer mehr erfüllte, und konnte zuletzt mit völliger Gleichgültigkeit fragen, ob das alles wirklich wahr sei?

»So wahr«, rief der kleine Kerl, »wie Fische im Meere sind!«

»Und warum, du Narr, hast du Christie Hvaland kein Wort davon mitgeteilt?«

»Mitgeteilt? Ihm?« entgegnete Henrik, boshaft lachend. »Was geht's mich an? Christie Hvaland ist so reich und hochmütig wie keiner hier umher, und Henrik Jansen ist ein freier Mann, Herr, der verdammt sein will, wenn er einen Finger für ihn rührt!«

»Es ist unmöglich!« rief Stureson. »Du lügst. Aber halt – geh nicht fort. Du hast sie also öfter gesehen? Und auf der Klippe, sagst du, wo die Stufen hinaufführen, spät am Abend oder wenn es Nacht war?«

»Ja, ja«, grinste der Böelappe, »da sitzen sie zusammen, sechsmal, zehnmal, gestern noch hab ich sie gesehen und heut werden sie wieder da sitzen.«

»Und was hast du weiter gesehen? Wo warst du? Wo hattest du dich versteckt?« fragte Stureson eindringlich.

»Hinter den Steinen«, lachte Jansen. »Da ist ein Spalt, man kann darin stehen und liegen. Sie saßen auf der Bank und sprachen allerlei. Weiß nicht, was alles, hörte vieles, auch Euren Namen. Er sprach nicht gut von Euch, der Sohn vom Hunde, auch das Mädchen nicht. Ihr gefiel ihr nicht.«

Seine bösartigen Augen blitzten zu dem Landrichter auf, der unbeweglich zuhörte und dann mit gedämpfter Stimme sagte: »Ich danke dir, lieber Henrik Jansen, und verspreche dir nochmals, dein Freund zu sein. Wenn aber Jungfer Mary zuweilen dort abends mit dem elenden Burschen sitzt, so ist es nichts Böses, es kann nur Mitleid sein, sie tut es in ihres Herzens Güte. Nun aber gib acht, was ich dir sage. Schweige still gegen jeden, und ich will es dir lohnen. Doch kommt ein Wort über deine Lippen, will ich dich verfolgen, soviel ich vermag, und werde nicht rasten, bis ich dich hinausgejagt habe aus Hütte und Bett in die Wüste da oben oder ins tiefe Meer.«

Der Landrichter betrachtete bei diesen Worten den Lappen mit so unheimlichen Blicken, und seine große mächtige Gestalt hob sich so drohend empor, daß Henrik allen Mut zu einer trotzigen Antwort verlor. »Ja, Herr, hochwerter Sorenskriver«, murmelte er demütig, »ich will schweigen, stumm wie ein Lämmling, aber nicht blind wie er.« Er nickte mit seiner alten Pfiffigkeit und schielte dabei zu Stureson herauf. Dann rückte er seinen Glanzhut zurecht, während Stureson den Uferhang hinaufkletterte und, ohne sich weiter umzusehen, dem Hause Hvalands zuging, wo man ihn erwartete und schon suchte.

Es gelang ihm leicht, seine Abwesenheit zu entschuldigen, und unbefangen lächelnd sah er in das Gärtchen, wo unter einem Dache von Schmuckbohnen Jungfer Mary neben Olaf Platz genommen hatte, während der Propst mit dem Pfarrer von Talvige an der anderen Seite des Tisches eifrig sprechend saß.

Es kam Stureson vor, als hätte der unverschämte Bursche seine Hand in Marys Hand gelegt und beider Augen führten eine stumme Sprache, während sie aufmerksam das Gespräch der beiden Geistlichen zu verfolgen schienen.

Der Landrichter nahm neben dem hübschen Mädchen Platz und ließ es sich angelegen sein, frohgelaunt und aufmerksam zu erscheinen. Er richtete viele seiner Fragen auch an Olaf, scherzte mit ihm über die Vorschläge des Propstes und ließ ihn deutlich und wiederholt merken, daß er ganz andere Absichten mit ihm habe.

»Wenn ich in meinem Amte bin«, sagte er, »brauche ich einen Gerichtsschreiber, der mich vertreten kann, im Lande bekannt ist, die Menschen und die Verhältnisse versteht und mein Vertrauen verdient. Solche Männer sind selten, wie ich höre, und werden gut bezahlt. Der Vogt sagt mir, daß ein solcher Gehilfe, der es versteht, tausend Spezies und mehr jährlich sein nennen kann, wenn ihm der Landrichter nicht zu scharf auf die Finger sieht. Nun, das ist meine Sache nicht, leben und leben lassen, ist ein goldenes Wort. Gerichtsschreiber sein ist besser als Schulmeister, und ich meine auch besser, denn als Missionar umherzuwandern. Wir wollen es weiter bedenken, Helmböe, nicht wahr? Deine Handschrift gefällt mir und der ganze Mann dazu!«

Olaf erwiderte einige allgemein dankende Worte, die Stureson für Zustimmung nahm und neue Scherze und lockende Verheißungen daran knüpfte.

So verging die Zeit, der lange Tag nahte seinem Ende, und nachdem der gastliche Kaufmann alles getan hatte, um seiner Gäste Lob zu erwerben, fuhren Vogt und Pfarrer nach Haus mit dem eidlichen Versprechen, nächstens am Malanger Fjord den munteren Sorenskriver aufzusuchen. Sie nahmen die besten Vorstellungen von ihm mit, er hatte das rechte Wesen, sich geltend zu machen, und jeder fand im Gespräch mit Hvaland andere treffliche Eigenschaften an dem Landrichter zu rühmen.

Die gute Wirkung dieser Einschätzung war an Hvalands Verhalten wohl zu spüren. Lange noch saß er mit dem stattlichen Mann vor den silbergefaßten Kristallflaschen, und Glas auf Glas wurde bei lustigem Gespräch geleert. Christie Hvaland war ein Mann, der mit vollen Gläsern umzugehen wußte und so leicht keinem wich. Hier aber hatte er seinen Meister gefunden. Es nebelte ihm um Kopf und Augen, während Stureson genau wußte, was er sprach und tat. Der Kaufmann erzählte viel und offenherzig. Er sagte dem Landrichter zwanzigmal, daß er ein Nachbar nach seinem Herzen sei, der von ihm fordern könne, was er wolle. Ohne alle Vorsicht bot er ihm Geld an, wenn es ihm mangeln sollte, und ließ ihn Blicke auf sein bares Vermögen tun, das sehr bedeutend sein mußte, da im Wein bekanntlich die Wahrheit spricht.

Der Missionar hatte längst sein Kämmerchen aufgesucht, auch Mary war gegangen; der Schulmeister hatte sich verabschiedet, als Vogt und Pfarrer ihren Heimweg antraten. Stureson hatte Olaf nicht aus den Augen gelassen und, bis er im Fjord verschwand, ihn unablässig beobachtet. Aber kein Blick, keine Gebärde bezeigte irgendein Einverständnis, kein Wort wurde zwischen ihm und Mary gewechselt. Mit seiner stillen Unterwürfigkeit und Sanftmut hatte Olaf immer bescheidentlich fern gestanden, bis ihm erlaubt wurde, sich zu nähern, oder bis einer ihn einer Frage würdigte. Der Druck, welcher auf ihm zu lasten schien, wich niemals, und selbst seine Freundlichkeit hatte einen Anstrich von schwermütiger Trauer, die sein jugendliches Gesicht mit dem Schatten tiefen Ernstes bedeckte.

Endlich war es Nacht geworden, und Stureson hatte Mühe, seinen Gefährten zum Aufstehen zu bringen. Die Hausgenossenschaft schlief, sie überließ es nicht zum ersten Male ihrem Herrn, der letzte zu sein, der, nachdem er nochmals nach Feuer und Licht gesehen, seine Bettstätte aufsuchte. Vor Dieben und losen Gesellen war hier keine Vorsicht nötig, überall im Lande schloß der Bauer oder Fischer seine Tür nicht zu, und selbst Hvalands Haus war nur durch einen Riegel gesperrt, den der Hausherr mit ungewisser Hand zuschob und dann seine schwankenden Schritte vom Sorenskriver unterstützen ließ, welcher ihn endlich glücklich in der Bettkammer ablieferte. Dann stieg Stureson die Treppe hinauf, um leise wieder hinunterzusteigen. Er tappte vorsichtig in das Wohnzimmer zurück, öffnete lautlos ein Fenster und stand im nächsten Augenblick außerhalb des Hauses.

Ein Strom kühler Luft wehte vom Meere herauf, und durch den tief dämmernden dunstigen Himmel brach der Mond hervor und machte den Schatten am Hause dichter, wo Stureson nochmals überlegte, was er tun wollte.

»Möglich, daß das boshafte Tier mich belogen hat«, murmelte er vor sich hin, »ja, ich glaube es beinahe, denn welcher Kobold könnte es dahin gebracht haben, daß dies Mädchen, Stolz und Abkunft verleugnend, einem Lappen nachliefe? Aber wenn es so wäre? Kenne sich einer in den Weiberherzen aus! Erzählt nicht schon Ariost, daß eine schöne Königin heimlich das Bett ihres jungen ritterlichen Gemahls verließ, um einen ekelhaften Zwerg allnächtlich zu liebkosen, der sie schlug und biß, während sie weinend ihm zu Füßen lag?!«

Er ging langsam am Hause hin und war mit wenigen Schritten im Schatten der Birkenbüsche an der Felsenwand. Hier stand er still und betrachtete die Fenster des schlafenden Hauses. Kein Ton, der von Leben zeugte, kein Lichtstrahl, keine Bewegung. Leichte Nebel wälzten sich vom Fjord auf und wickelten den kleinen Grasplatz in feuchte Schleier.

»Auf keinen Fall kann mir ein abkühlender Spaziergang schaden«, sagte Stureson, ging zwischen den Gebüschen fort und erreichte nicht ohne Gefahr endlich die hohe Klippe und die Stufen, welche hinaufführten. Einer jener Nebel, die hier urplötzlich kommen und ebenso schnell wieder verschwinden, deckte Wasser und Land zu und wirbelte über den Klippen zusammen. Unten rauschte das Meer und klopfte an die steile Wand, welche senkrecht niederfiel. Stureson trat dicht an den Rand des Abgrundes, kreuzte die Arme und lauschte in die Nacht hinaus auf den hohlen Ton der Flut, auf jeden fallenden Stein und auf das dumpfe Brausen des Wasserfalles in Olafs Tal.

Der Nebel flog um sein Gesicht und feuchtete sein Haar, während das Blut in seinen Adern feurig rollte, sein Hirn von der Masse der starken Getränke brannte und wilde Begierden aufstachelte, welchen er mit wüsten Sinnen nachhing. Mary sollte sein werden, Hvalands Geld wollte er haben. Er rechnete zusammen, was er damit tun könne, welche Zukunft es ihm bieten würde, und während er, lautlos und leise atmend, an der schwarzen Felsenwand lehnte, sah er vor seinen Augen ein sonnenvolles Leben, vor welchem Nacht und Wildnis verschwanden. Endlich setzte er sich in der Höhlung nieder, die Henrik ihm beschrieben hatte. Es war ein Spalt in der Klippe, hinter der Bank in der Tiefe, wo er trocken saß und den ganzen Vorplatz überblicken konnte.

Er wollte ein paar Minuten rasten und dann zurückgehen und fluchte über seine Einfalt, sich von einem Lappen narren zu lassen; doch bevor er seine Vorsätze ausführen konnte, schlossen sich seine Augen, und er schlief auf dem harten Lager ein.

Lange mochte aber dieser Schlaf nicht gedauert haben, als er von seltsamen Tönen aufgeweckt wurde. Im Traume kam es ihm vor, als höre er ein wunderbares Klingen, das süß und leise um seinen Kopf zog und in sein Ohr drang. Lange klagende, sanft erschallende Laute, bald rascher, bald langsamer, lebhafter und heller, und wieder wie ein Hauch hinsterbend und erlöschend. Er schlug die Augen auf und vermeinte, weiter zu träumen. Der Mond stand hell am Himmel und beleuchtete glänzend die öde Felsenlandschaft, die Klippe und ihren Vorsprung. Die düsteren Schatten der hohen Felsen deckten die Bucht zu, während sich dahinter der silberblitzende Schild des Meeres funkelnd ausdehnte. Hvalands Haus lag in der Tiefe wie in Tageshelle, und an den nackten Spitzen der Berge von Senjenöen haftete ein rötlicher Schimmer, das erste Schnauben aus den Nüstern der Sonnenrosse.

Stureson saß unbeweglich und beachtete das prachtvolle Bild nicht. Seine Blicke hingen einzig an der menschlichen Gestalt, welche vor ihm auf und nieder ging. Es war Olaf, er erkannte jeden Zug seines Gesichts. Der Mond beschien ihn in voller Klarheit und umleuchtete sein schwarzes Gewand. Sein langes Haar war von dem schimmernden Licht umflossen, den Kopf hob er hoch empor, und seine blassen Lippen lächelten, während er der kleinen Geige in seinen Händen diese seltsamen und lieblichen Töne entlockte.

Stureson war erstaunt und ergriffen von diesem Anblick. Er blieb in seinem Felsenwinkel sitzen und beobachtete schweigend den nächtlichen Künstler, der unheimlich, spukhaft ihn umkreiste. Wie in den Sagen märchenhafter Zeit die Zauberer und Nornen auf wilden Klippen standen und ihre Hexenlieder sangen, so stand dieser hier und schickte seine bebenden abgerissenen Töne in Nacht und Mondenlicht. Was trieb ihn dazu? War es Krankheit, ein schlafsüchtiges unbewußtes Wandeln, oder riß ihn ein böser Geist von seinem Lager und gab ihm diese wehen und leidvollen Töne ein?

Stureson wußte nicht, ob er sich einmischen oder abwarten sollte, aber mit steigender Verwunderung hörte er zu, als Olaf immer süßer und verlockender spielte, als die Töne der kleinen Geige sich zu Melodien gestalteten und wie im Jubel aufzujauchzen schienen.

Plötzlich aber sah er auf dem steilen Felsenwege am Fjord eine zweite Gestalt rasch und leicht von Stein zu Stein springen. Olaf legte sein Instrument auf die Bank, eilte zu den Stufen und streckte seine Hände aus, die von warmen Händen gefaßt wurden.

Stureson richtete sich in seiner Ecke auf, sein Blut kochte, seine Adern schwollen – es war Mary. Er unterdrückte einen fürchterlichen Fluch und lauschte bewegungslos.

»Habe ich deinen Schlaf gestört?« hörte er Olaf sagen. »Vergib mir, aber ich habe dir so vieles zu sagen.«

»Du hast mich nicht gestört«, erwiderte Mary. »Ich habe gewacht, weil ich immer an dich denken mußte, und als deine Geige aus den Birkenbüschen klang, stand ich hinter meinem Fenster und erwartete dich.«

Die beiden setzten sich auf der Bank nieder. Olaf hielt Marys Hände in den seinen und sprach mit ihr dicht Ohr an Ohr so leise, daß Stureson lange nur Weniges und Unzusammenhängendes verstehen konnte. Zuweilen glaubte er seinen Namen zu hören, zuweilen leises Bitten und Seufzen, tröstende und widerlegende Beteuerungen. Er gab sich die größte Mühe, aufmerksam zu lauschen, aber immer wilder kochte sein Zorn und immer glühender wurden die Blicke, welche er auf den verwegenen Lappen richtete. Er ballte die Fäuste zusammen und preßte sie gewaltsam an seinen Mund, um sich zum Schweigen zu zwingen.

Jetzt aber stand Olaf auf und rief im bitteren Schmerz, indem er das Haar von seiner Stirn strich: »Hier steht das Kainszeichen, Mary, hier steht es, und die grausamen Menschen sehen es immer! Was habe ich ihnen getan? Was treibt sie dazu? Daß ich der Sohn eines verachteten Volkes bin, das sie vertrieben, beraubt und elend gemacht haben, das sie noch täglich mit Füßen treten, verhöhnen und mißhandeln – alles das ist ihnen nicht genug. Was ich tun mag, um gut zu sein, wie ich streben mag nach ihrer Achtung – nichts ist mein Los als Schmach und Hohn! Ich gelte ihnen als ein Scheusal; das der Verächtlichste unter ihnen von sich stößt!«

»Und ich, Olaf, ich«, sagte Mary, ihn zu sich niederziehend, mit bittender und zitternder Stimme, »kann ich dir nichts vergelten?«

»Oh, du bist unter sie hingeworfen wie eine schöne Moosblume, die an den Felsenspalten blüht!« rief er leidenschaftlich, sich auf ein Knie werfend. »Du verachtest mich nicht! Du siehst mich an, und ich schaue in dein Herz, wo Mitleid und Liebe wohnen! Aber wohin soll es führen, Mary? Wohin soll ich fliehen, um dich von meinem Anblick zu befreien?«

»Du sollst nicht fliehen, Olaf«, erwiderte sie mit tränenerstickter Stimme.

»Und wenn ich bleibe, Mary, wenn ich bleibe? Was soll ich an Trauer und Unglück dann ertragen? Was soll ich alles mit ansehen müssen? Wo ist Hoffnung für uns? – Ja, Stockfleth hat recht! Ich habe nichts zu erwarten als schmachvollen Untergang, wenn ich nicht in Demut die Hand küssen will, die mich schlägt! Oh, ich muß alles von mir werfen, was mein Dasein bis jetzt einzig erträglich gemacht hat!«

»Du hast dem Propst alles gesagt?« fragte sie leise.

»Ja, ich habe ihm alles gesagt, Mary, alles, was ich litt und leide, und daß du mein einziger Trost bist auf dieser Welt, und daß ich nur atme, weil du es willst!«

»Und was hat er geantwortet?«

»Du weißt es«, erwiderte Olaf. »Er ist gut und liebt uns, aber auch er kann nicht Steine in Brot verwandeln. Da ist keine Rettung als Entsagung. Mary, liebe Mary«, rief er dann zitternd, »zum letzten Male soll ich deine Stimme hören – soll dich zum letzten Male sehen –«

»Olaf, mein Freund, ich liebe dich ja, ich will dich nicht fortlassen!«

»Nein!« rief Olaf plötzlich laut und hart, »ich kann nicht gehen, ich kann kein Priester sein! Wo ist die Liebe Gottes, die ich preisen soll? Ich habe nichts als Schmach erfahren!«

»Olaf, mein Liebster, du weißt, daß ich nie von dir lassen werde!«

»Auch du wirst von mir weichen, Mary«, sagte er, und ein dämonisches Feuer leuchtete aus seinen Augen, »sie werden dich dazu bringen. Der wüste Mann, der gestern den Fuß in deines Vaters Haus gesetzt hat, lauert auf dich wie der graue Wolf an den Seitas meiner Heimat, wenn in den heiligen Steinen ein zitterndes Geschöpf sich verirrt hat.«

»Ich mag ihn nicht, er ist mir verhaßt«, flüsterte Mary ängstlich bittend.

»Du wirst ihn mögen müssen«, erwiderte Olaf verzweifelt. »Ich habe in deines Vaters Augen gelesen, und in den seinen sah ich dein Verderben. Der gewissenlose gierige Mann, der hergekommen ist, wie der Vogt heimlich sagte, weil er im Süden nicht mehr zu dulden war, dem Sünde und Gewalt aufgeprägt sind mit allen Zeichen: er wird dich in sein Haus schleppen, und ich, Mary, ich werde draußen in der Nacht stehen und ihn lachen hören, wenn du weinst.«

»Nein, Olaf! O mein Gott! – Nein, nein!«

»Ja, ja!« rief er heftig, »es wird so kommen – ich höre sein Hohngelächter – aber ich werde es nicht zulassen, Mary, ich werde dich mit meinem Leben beschützen – ich werde –«

Weiter kam Olaf nicht, denn in diesem Augenblick sprang Stureson, außer sich vor Wut, aus seinem Versteck.

»Du!« schrie er mit seiner rauhen tiefen Stimme, »du Wurm – was willst du, du lappischer Hund? Du Kobold?«

Mary sank mit einem angstvollen Schrei besinnungslos nieder, und schon schnürte sich Sturesons fürchterliche Hand um Olafs Kehle, der vergebens Anstrengungen machte, sich zu befreien. Er war kräftiger, als seine schlanke Gestalt es vermuten ließ, aber Stureson, von wahrer Berserkerwut ergriffen, ließ ihn nicht mehr los, riß ihn mit sich fort und drängte ihn mit übermächtiger Gewalt an den Rand der Klippe. Eine Minute lang entstand dort ein verzweifeltes Ringen. Noch einmal sah dann der Sieger in das Gesicht seines Opfers, das ihn aus starren Augen anblickte, dann warf er mit einem letzten heftigen Stoß den strauchelnden Körper weit über den Klippenrand hinab in die schwarze Tiefe.

Er hörte das Wasser aufrauschen von dem schweren Fall, dann ein dumpfes Geplätscher, ein gurgelndes Stöhnen – und nun wieder die alte Stille. – Stureson bog sich tief hinunter, seine Füße und Hände zitterten, er hörte nichts mehr, alles blieb still.

»Liege bei den Grundhaien, sie werden dich hoffentlich nicht wieder loslassen«, murmelte er leise vor sich hin, während ein schreckliches Lachen seine Züge entstellte. Er wischte sich den Schweiß von, der Stirn und sah nach dem Mond hinauf, dem einzigen Zeugen seiner Tat, dessen verglimmendes Licht die Szene beleuchtete.

Nun wandte er sich nach der Bank um, auf welcher Mary lag. Rasch nahm er Geige und Bogen des unglücklichen Schulmeisters und schleuderte sie ihm nach, dann erst richtete er die Ohnmächtige auf, rieb ihre Schläfen, küßte ihre kalten Lippen, nannte sie mit zärtlichen Namen und deckte seine mörderische Hand auf ihr leise schlagendes Herz.

Nach mancher Bemühung erwachte Mary endlich wieder zum Leben. Sie richtete sich auf und rief, angstvoll um sich schauend, Olafs Namen.

»Er ist nicht mehr hier«, sagte Stureson in sanftem, vorwurfsvollem Ton.

»Und wohin ist er? Was ist ihm geschehen?« fragte sie hastig.

»Nichts ist ihm geschehen«, erwiderte der Landrichter, »und es soll ihm auch nichts weiter geschehen, ich schwöre es Ihnen, liebe Mary! Seien Sie ganz ruhig, hier ist nichts, was Sie erschrecken könnte!«

»Ich muß fort«, murmelte das junge Mädchen, indem sie aufzustehen versuchte.

»Wir müssen beide fort«, sagte Stureson, »denn der Tag will anbrechen – aber hören Sie mich einen Augenblick, Mary. Ihr edles Herz hat Sie hierher geführt aus Mitleid für die Klagen eines Toren, der mit dem kindischen Hochmut seines Volkes sich überschätzt.

Ich weiß, daß allein dieser Edelmut Sie zu einem Schritt verleiten konnte, der, wenn er bekannt würde, Sie dem Spott der rohen Menge aussetzte und Ihrem Vater die tiefste Wunde schlüge.«

»O Gott, mein Vater!« flüsterte sie mit erlöschender Stimme.

»Er wird nie etwas davon erfahren«, fuhr Stureson fort, »nie, so wahr ich lebe und mit treuer Freundschaft Ihnen anhänge! Und nun geben Sie mir Ihre Hand, Mary, wir wollen kein Wort mehr darüber sprechen. Olaf wird sich abgekühlt haben. Er hat recht, Sie auf immer zu verlassen, und hoffentlich hält er seinen Entschluß, Sie nicht wiederzusehen, oder doch dann erst – wenn alles sich erfüllt hat«, setzte er leise hinzu.

Willenlos folgte Mary, als er sie die Stufen hinabführte und ihr auf dem Wege zu ihres Vaters Haus leise Beteuerungen und Versprechungen zuflüsterte. Die graue Röte des Tages erhellte schon den Vorplatz und kämpfte mit dem verblassenden Mond, als sie die Tür erreichten.

»Gute Nacht, Jungfer Mary«, sagte Stureson lächelnd. »Glauben Sie, daß ich Ihr bester Freund bin, und mag mein Bild nicht ganz in Ihren Träumen fehlen.«

Mary zog sich eilig zurück, Stureson schloß die Tür und auch das Fenster, das er zum Ausstieg benutzt hatte, und stieg dann in seine Kammer hinauf. Dort warf er sich aufs Bett, wo er bald fest einschlief.

Am nächsten Morgen trat der Sorenskriver seine Reise an, und niemand wäre imstande gewesen, ein Zeichen über die Vorgänge dieser Nacht an ihm zu entdecken. Er war heiterer als je zuvor und ließ es an Scherz und Lustigkeit nicht fehlen, als er mit Hvaland beim Frühstück saß.

Der Kaufmann schien seinerseits in nicht geringerer guter Laune zu sein, und bis das Boot bereit lag, das den werten Gast nach Lenvig bringen sollte, wurde das Freundschaftsverhältnis der beiden Männer durch manchen guten Trunk, nochmals besiegelt.

Mary ließ sich nicht blicken. Eine der Mägde des Hauses sagte, daß die Jungfer an Kopfweh und Hitze leide und deswegen nicht aufgestanden sei.

Christie Hvaland rieb sich dabei nach seiner Gewohnheit die Nase und lächelte schlau nach dem Landrichter hinüber. »Bah«, rief er, »werdet sie wohlauf finden, wenn Ihr wiederkommt, Stureson! Mädchen haben ihre Launen! Mag sein, daß Mary zu spät spazierenging und von zu starker Erhitzung eine Erkältung davontrug oder, wenn es nicht wahr ist, daß sie wenigstens so sagt.«

Stureson blickte ihn prüfend an, der Kaufmann nickte ihm schelmisch zu. »Na, laßt es gut sein«, sagte er zu dem Landrichter, »Mädchen sind Mädchen, jede will ihre Zeit haben. Kommt, sobald Ihr könnt, und wir wollen weiterreden.« Damit nahmen sie Abschied.

Das Boot schwamm den langen Sund hinab, der nach Lenvig führt, und zum letzten Male fiel Sturesons Blick auf die hohe Klippe in der Tiefe der Bucht, den Schauplatz seiner raschen Tat. Er starrte eine Minute lang darauf hin, dann wandte er sich ab und sah ins Wasser. »Der Narr«, murmelte er vor sich hin, »der lächerliche Narr, er ist selbst schuld an seinem Unglück. Aber gut, daß der heilige Stockfleth mich nicht mehr belästigte, er wird seinen frommen Schüler lange suchen können!« Damit war für den Landrichter alles abgetan. Er streckte sich auf das Lager von frischen Birkenreisern aus, das am hinteren Ende des Bootes nach der Sitte als Ruheplatz für ihn bereitet war, und rauchte, behaglich mit den Schiffsleuten plaudernd, bis die Kirche von Lenvig erreicht war.

Hier am Auslade- und Kaufplatz waren mehrere angesehene Männer aus der Umgegend versammelt. Der Vogt von Lenvig lud ihn in sein Haus, und nach den üblichen Höflichkeiten und Bewirtungen warteten ein paar Pferde, welche auf ihren Packsätteln die Reisekoffer des Sorenskrivers trugen, um sie über die felsige Halbinsel am Malanger Fjord zu tragen. Ein anderes Pferd trug Stureson, das Boot aber ging mit den größeren Kisten weiter, der Jacht nach, die, wie der Sorenskriver zu seiner Zufriedenheit erfuhr, in letzter Nacht mit seiner Habe beladen durch den Sund gefahren war und vor seinem Hause Anker geworfen hatte.

Nach einem zweistündigen Ritt über hohe Felsen und durch enge Felsentäler lag der Malanger Fjord vor Stureson. In der Tiefe einer nach Osten laufenden Bucht wurde ihm das lange rötliche Haus gezeigt, unter dessen Dache er wohnen sollte. Die Küste war grün und flachte sich lieblich ab. Ein ganzer Waldstreif von hohen Bäumen lief wie ein Gürtel an den Fjellen hin und zeigte, daß Holz in Fülle vorhanden sei und daß es Schutz vor den rauhen Winden habe. Ein paar schöne Bäche durchquerten dies Waldrevier und funkelten darin wie glänzende Schlangen, bis sie in donnernden Sätzen und Fällen von der letzten steilen Höhe sprangen und nun sanft dem großen Meerbusen zuströmten. Zwischen diesen Bächen lag die Wohnung des Landrichters; zu beiden Seiten lagen bebaute Felder, Kolonistenhäuser und Fischerhütten, aufsteigender Rauch aus entfernteren größeren Wohnungen und Pfahlwerke in verschiedenen Buchten, aus denen die Masten mehrerer Jachten ragten, kündigten Handelsstellen und Kaufleute an. Der mächtige Fjord mit seinen zahlreichen, tief ins Gebirge dringenden Armen breitete sonnenblitzend sich bis in weite Ferne aus, und wer dies schöne Panorama von Wald, Fels und Meer sah, diese klaren blauen Wasser und diese grünen saftigen Flächen, der hätte schwer glauben mögen, daß dies alles meist acht Monate lang unter Schnee und Eis begraben liegt.

Stureson selbst fand sich überrascht, und je mehr er sich der Küste näherte, um so mehr erheiterte sich sein Gesicht. Da sah er Gärten, die sein Haus umgaben, da sah er Blumen blühen und Bäume stehen, da entdeckte er eine Art Glashaus, das sein fleißiger Vorgänger angelegt und mit Mühe und Kosten erhalten hatte. Kleine bebaute Felder schlossen sich dem Gartenraum an. In einem eingehegten Plätzchen blühten Erbsen, in einem anderen war der Roggen hoch aufgeschossen, hohe Brombeer- und Himbeerhecken mischten sich mit Stachel- und Johannisbeerbüschen, und vor dem Hause sah er schon einen Teil seiner Habe aus der Jacht, die dicht am Bollwerk lag, herausgeschafft und ihn erwartend.

Den ganzen Tag über und die folgenden hatte er vollauf zu tun, um die ersten Einrichtungen zu treffen. Er fand das Haus, wie Hvaland es ihm beschrieben, sehr geräumig und wohnlich. Die doppelten Balkenwände waren fest und in bester Ordnung, und bald kamen aus Lenvig und Tromsöe einige Arbeiter, welche nach Sturesons Anordnungen änderten und besserten, was er wünschte. Er hatte Tapeten mitgebracht und ließ die besten Gemächer damit neu bekleben, und als er mit bunten Decken die Fußböden belegte, Bilder in Goldrahmen an die Wände hing, seine neuen Möbel, Spiegel, Sofas und weiche Armstühle aufstellte, waren die Leute überzeugt, der König in Stockholm könne nicht schöner und stolzer wohnen als ihr Sorenskriver am Malanger Fjord.

Sturesons rasche Tatkraft zeigte sich auch bald in der Art, wie er seine Geschäfte ergriff. Ein Landrichter in diesem wenig bewohnten ausgedehnten Lande kann nicht stillsitzen und warten, bis die Rechtsuchenden zu ihm kommen. Er muß reisen, bald dahin, bald dorthin, bald über wilde Gebirge, bald über wildes Meer. Der Sorenskriver am Malanger Fjord hatte auf zwanzig Meilen Gericht zu halten und Recht zu sprechen, und dies tat er mit überraschender Geschwindigkeit. In wenigen Tagen besaß er Pferde und Boote, hatte er Ruderer und Diener, Hausleute und Mägde gemietet. Er knickerte nicht am Lohn, aber er befahl kurz und streng und verlangte schnellen pünktlichen Gehorsam.

Nun fuhr er zwei Wochen lang nach allen seinen Gerichtsstellen, und überall hinterließ er den Ruf, daß er ein Mann sei, dem der Hut fest auf dem Kopfe sitze und der auf seinen Beinen zu stehen wisse. Alle Geschäfte wurden schnell abgemacht, was liegengeblieben war, aufgeräumt. Der große kraftvolle Mann mit stolzem ernstem Blick und gewaltiger Stimme war ganz geschaffen, um Furcht vor seiner Weisheit zu erwecken und einen Salomo darzustellen.

Die reichen Kaufleute und Landbesitzer fanden jedoch den Sorenskriver ebenfalls meist nach ihrem Sinne, denn in ihren Häusern und bei ihren Festen war er ein munterer Gesellschafter, der mit Verstand von allen Dingen zu sprechen und viel zu erzählen wußte. Daß er aus alter Familie war, Verwandte hatte, die im Storthing saßen und im Staatsrat mitsprachen, vermehrte sein Ansehen, und Stureson selbst besaß etwas in seinem Wesen, das nicht leicht eine derbe und dreiste Gleichstellung aufkommen ließ. Mit wem er auch trinken und scherzen mochte, er hielt eine Kluft offen und vergab seinem Ansehen und seinen Ansprüchen so leicht nichts.

Bei seinen Reisen war er mehrmals auch in der Nähe von Hvalands Besitzung gewesen, aber er war vorübergefahren, ohne einen Besuch zu machen, der seinen Berechnungen nach noch nicht an der Zeit war. Er hatte gehört, daß der Missionar noch immer dort verweile, und fühlte eine innere Scheu, mit Stockfleth zusammenzutreffen; auch wollte er Mary Zeit lassen, in Einsamkeit Trost und Beruhigung zu finden. Endlich aber war er gewiß, daß, je länger er zögerte und je mehr der Kaufmann von seiner eifrigen Amtsführung höre, um so höher auch seine Zuneigung steigen werde.

Inzwischen sammelte er bei seinen neuen Bekanntschaften Nachrichten über Christie Hvalands Umstände, und was er vernahm, war lockend genug. Daß Christie einer der schlauesten sei, die je mit den Herren in Bergen und mit Lappen und Quänen gehandelt, wurde ihm ebensowohl gesagt, wie daß er seine Taschen voll habe. Männer, denen Glauben zu schenken war, schätzten sein Vermögen wenigstens auf zweihunderttausend Spezies, und Stureson fand es höchst lächerlich und abgeschmackt, daß so viel Geld auf einer öden Klippe von einem schmutzigen, nach Tran stinkenden Krämer aufgehäuft werde, der auf dem goldenen Segen brüte, ohne ihn je wie ein Mann von nur einigem Geist und Geschmack zu genießen. Um Stockfisch, Hering und Rentierfleisch zu verzehren und mit jämmerlichem Punsch oder Grog hinunterzuspülen, brauchte er nicht Hunderttausende zu besitzen. Der Sorenskriver lag in mancher Nacht und bei seinen Reisen in mancher stillen Stunde und dachte darüber nach, was er beginnen würde, wenn das alles sein wäre.

Endlich schien es ihm an der Zeit zu sein, seinen Freund am Senjenöe-Sund aufzusuchen, und eines Morgens trug sein mutiges Gebirgspferd ihn vom Malanger Fjord quer durch die Felsenkämme nach vier harten Stunden vor Hvalands Haus. Christie war voll Freude, als er ihn sah, und beantwortete seine Entschuldigungen ganz so, wie Stureson es erwartet hatte.

»Habe von Euch vernommen, Sorenskriver«, sagte er, »seid ein Mann, wie er sein muß. Erst die Arbeit, dann die Freude. Hab's ebenso gehalten all meine Tage und bin gut dabei gefahren. Sind des Lobes voll, die Euch kennen, denn Ihr gehört zu denen, die nach allen Seiten ausschlagen und jeden in Respekt halten. Jetzt aber seid willkommen an meinem Herde, es wird eine Freude sein für Mary, wenn sie Euch braun und froh wiedersieht!«

»Wo ist die Jungfer?« fragte Stureson.

»Werdet sie ein wenig blaß finden«, lachte der Kaufmann. »Weiß nicht, was ihr fehlt, aber seit Ihr fort seid, ist eine Veränderung mit ihr vorgegangen. Es schmeckt ihr nichts, sie sitzt und sinnt und seufzt und weint.« Er lachte laut auf und machte sein pfiffiges Gesicht, indem er Stureson spöttisch und vertraulich anblinzelte.

»Wir müssen es versuchen, ihr die roten frischen Wangen wiederzugeben«, sagte dieser.

»Tut's im Namen Gottes!« rief Christie, »und denkt, es soll Segen dabeisein! – Ei ja, wir sind seit einiger Zeit allein«, fuhr er dann fort, »der Schulmeister Olaf Holmböe ist von dem Tag an fort, als Ihr uns verließet.«

»Es wird ihm doch kein Unglück zugestoßen sein?« forschte der Landrichter.

»Unglück«, lachte Hvaland, »was soll ein Mensch für Unglück haben, der nichts besitzt als eine alte Geige, ein altes Gewehr und ein halbes Schock alte Bücher! Die Geige hat er mitgenommen, die Flinte dazu. So läuft er wohl jetzt in Felsen und Sümpfen umher und spielt den Rentieren seine Lieder vor. Schade aber doch, daß er nicht hier ist und uns Schnepfen, Tios, Schnee- oder Birkhühner schießt. Ist jetzt eine gute Zeit dazu.«

»Und wo ist der Propst?« fragte Stureson.

»Der hat den Jungen gesucht eine ganze Woche lang und hat Wanderungen gemacht und hat Boten ausgeschickt, bis zu den Lappen, die ihre Tiere am Altenstrom und am Karesjok weiden.

Endlich ist er selbst voll Sorge an den Lyngenfjord gereist, und irgendwo wird er ihn endlich wohl auffinden.«

»Wer weiß es«, murmelte der Landrichter.

»So mag das Unsal laufen wie Saltens Vogt, bis ans Ende der Welt!« rief Hvaland. »Aber hier, nehmt Euer Glas, Stureson, und da kommt Mary vom Wasser her. Es gibt nicht weit von hier eine Klippe mit einer Art Bank von Stein; dort sitzt sie oft, seit Ihr nicht hier seid. Ich meine, Ihr kennt die Bank, Sorenskriver, und habt schon einmal dort gesessen!« Mit herzlichem Gelächter streckte er seine Hand über den Tisch, und Stureson schlug ein. Er zweifelte nicht daran, was Christie wußte und meinte.

Nach einiger Zeit kam Mary, und Stureson fand sie wirklich verändert. Ihre Gesundheit schien angegriffen zu sein, ihr Gesicht war schmaler und magerer geworden. Beim Anblick des Landrichters bedeckte freilich glühende Röte ihre Stirn und Wangen, und plötzlich schien sie eine Frage tun zu wollen, die ihr auf den Lippen wieder zerrann. Stureson sprach lange und teilnehmend mit ihr. Er war so mild und freundlich und der Ton seiner Stimme so einschmeichelnd, als habe sich sein ganzes stolzes Wesen umgekehrt. Mary mußte seine Klagen hören, wie er täglich an sie gedacht, ohne zu ihr eilen zu können, und wie gern er gekommen sein würde, wenn Pflicht nicht stärker wäre als Wille. Dann erzählte er von seinem Hause, von seinen Einrichtungen und Verbesserungen, und mit der Wahrheit mischten sich geschickt seine Prahlereien und seine Einladungen und Bitten.

Den ganzen Tag über war Stureson unermüdet in seiner Aufmerksamkeit, und Mary mußte es ihm hoch anrechnen, daß er mit keiner Silbe sie an jene nächtliche Szene erinnerte, die ihre Seele mit Grauen und Scham füllte. Sie selbst wagte es nicht, Olafs Namen auszusprechen. Er hatte sie verlassen, sie wußte am besten, warum. Er hatte es ihr ja selbst gesagt, daß er hoffnungslos und verzweifelnd fliehen müsse, ohne Stockfleths Vorschläge anzunehmen, aber schmerzhaft krampften sich ihre Nerven zusammen, wenn Stureson ihre Hand nahm, und ihre Augen wandten sich scheu ab, wenn seine feurigen Blicke auf ihr ruhten. Immer fiel ihr ein, was Olaf von diesem Wolfe gesagt hatte, der zum Lamme geworden war. Ein ohnmächtiges Gefühl überkam sie, wenn sie seine Stimme hörte und ihr Vater sein pfiffiges Gesicht machte.

Am nächsten Morgen aber kam es nun zur vollen Erklärung zwischen Stureson und Hvaland. Der Landrichter hielt um Mary an, der Kaufmann sagte sie ihm mit Freudigkeit zu.

»Sollt sie haben«, rief er, »hat die gesegnete Stunde mir lange schon vorgeschwebt, und vom ersten Tage an, wo ich Euch sah, Stureson, kam der Gedanke in meinen Kopf, Ihr müßtet mein Schwiegersohn werden! – Komm her, Mary, komm her, mein Kind«, fuhr er dann fort, als seine Tochter hereintrat, »weiß jetzt das rechte Mittel, dich gesund zu machen. Wirst Lars Sturesons Frau werden und in Holmböes Haus am Malanger Fjord wohnen, wo es dir immer so gut gefallen hat!«

»Nein, Vater, nein!« rief Mary zitternd, als er sie festhielt und Stureson zuführte. Mit heftiger Anstrengung wand sie ihre Hand los.

»Nicht?« schrie Christie, »nicht, Mädchen? Hör auf mit deinem Gezier; als ob ich's nicht wüßte, wie es unter dem Tuche da aussähe!«

»Du weißt nichts, Vater, nichts«, erwiderte sie, ihr Gesicht senkend.

»Potz Speer und Kreuz«, lachte Hvaland, »ich weiß nichts, meinst du? Weiß aber mehr als zuviel! Hätte mit dir einen Gang gemacht, Mädchen, der dir wenig gefallen täte, wenn es ein anderer gewesen wäre als Lars Stureson, als du mit ihm am Morgen heimkamst. Sollst es wissen, Mary, daß ich damals am Fenster stand. War aufgewacht, als ob es einer mir ins Ohr gesagt hätte: Sieh hin, Christie, wie's deine Tochter treibt! Ei, närrisches Kind«, fuhr er fort, als Mary schamvoll ihre Hände aufhob, »habe ja nichts dagegen und ist auch keine übermäßige Sünde dabei, mit dem Manne, den man ins Herz geschlossen, eine Sommernachtstunde einsam zu verplaudern. Aber was in der Finsternis geschehen ist, soll nicht länger geleugnet werden beim Sonnenschein. – Gottes Segen auf dein Haupt, meine Mary! Deines alten Vaters Segen über dich! Machst ihn glücklich, Mädchen, froh und glücklich, daß er dich in solchen Armen sieht.«

Stureson war nahe herangetreten und hatte Mary an seine Brust gezogen. Er sprach kein Wort zu ihr, er küßte ihre Hände, ihre Stirn, ihre Lippen, und seine Augen blickten mild und bittend in ihr verstörtes Gesicht.

»Vertraue mir, teure Mary«, sagte er dann, »ich will dich heiß und zärtlich lieben und dein Leben so schön machen, wie ich es vermag. Nicht allein in meinem Hause, in meinem Herzen sollst du als Herrin schalten, mein Glück und meine Freude auf Erden will ich allein bei dir suchen.«

Hvaland war entzückt von diesen Beteuerungen, er umfaßte sie beide, drückte und küßte sie und hatte keinen Sinn dafür, daß Mary leidend ertrug, was zu ändern sie keine Kraft besaß.

In wenigen Minuten hatte Christie sein ganzes Hausgesinde herbeigerufen und ihm mitgeteilt, daß Jungfer Mary Sorenskriver Sturesons Braut geworden sei. In einer Viertelstunde wußte es der ganze Gaard und alle seine Anwohner. Viele kamen, um Glück zu wünschen, der eine drängte den anderen; Hvaland hatte genug zu tun, die Gläser zu füllen und die guten Wünsche zu erwidern, welche auf das Heil des Brautpaars reichlich dargebracht wurden.

So gingen die ersten Stunden geräuschvoll vorüber, und Stureson ließ Mary keine Zeit, sich zu besinnen. Es war zu spät – das fühlte sie mit jeder Minute mehr, und was hätte sie auch sagen können! Sie war in der Gewalt des Mannes, der, wenn sie ihn zurückwies, Dinge erzählen konnte, die ihres Vaters jährzornigste Wut aufwecken mußten. Sein ganzer Ehrgeiz hing an dieser Verbindung, sein ganzer Stolz war verwachsen mit dem Gedanken, Stureson seinen Schwiegersohn zu nennen, der den Neid von Tromsöe bis Bodöe rege machte und dessen vornehme Sippschaft ihm heimlich ebensowohl zusagte wie der stolze gewaltige Landrichter selbst.

Stureson wandte alle seine Sanftmut und alle Überredungskünste an, um Mary heiter zu stimmen und die Furcht zu zerstreuen, welche sie so sichtlich beherrschte. Es gelang ihm im Laufe des Tages wenigstens insoweit, daß sie, in Unvermeidliches sich ergebend, geduldig anhörte, was er versprach und bat, seine frohen Blicke mit einem schwachen Lächeln erwiderte und sich anstrengte, ihr inneres Widerstreben zu überwinden und den Zukunftsträumen zu folgen, welche Stureson ihr mit heiteren Farben ausmalte. Der Malanger Fjord mit seinen wilden Bergen verschwand vor den Schilderungen der Reisen, die er mit ihr machen wollte. Sie sollte Deutschland sehen, Frankreich, Paris, in Italien selbst Orangen pflücken, und wenn sie dann auch zurückkehrte, so war von Zeit zu Zeit immer wieder eine Reise nach dem Süden in Aussicht gestellt.

Stureson ließ die Absicht durchscheinen, daß er überhaupt nicht willens sei, sein Leben in diesen Einöden zu beschließen. Er sprach von seinem väterlichen Gute in Mandals-Amt und beschrieb die alten Eichen und Buchen, welche sich über dessen Dach neigten, und die Reize des alten Sitzes seiner Familie mit verlockendem Feuer. Dazwischen mischten sich ehrgeizige Entwürfe. Es würde ihm nicht schwer sein, meinte er, ein Storthingmann zu werden, er sei aus dem Holze, woraus Staatsmänner und Führer gemacht würden, und seine mächtigen Freunde bildeten eine Partei, auf welche er rechnen könnte.

Hvaland begriff das besser als seine Tochter, und während er in Gedanken rechnete, was besser sei, ein Schwiegersohn als Richter am Malanger Fjord oder als Staatsrat in Christiania oder wohl gar als Minister in Stockholm, hörte Mary nicht ohne Teilnahme zu, was ihr Bräutigam von den gesellschaftlichen Kreisen der Hauptstadt erzählte und wie bald man in wenigen Tagen dahin gelangen würde, wenn die Dampfbootverbindung eingerichtet sei, zu der er aus allen Kräften helfen werde.

Alles, was Stureson sprach und als gewiß darstellte, mußte angenehme Gefühle erregen, und wer Mary am Arme des stolzen Mannes gehen sah, konnte nicht umhin, sie glücklich zu preisen.

Am Nachmittag kam, wer irgend in der Nähe zu haben war. An Vogt und Pfarrer hatte Christie Boten gesandt, und abends bei Tische fand eine feierliche Proklamation der Verlobung statt, zu welcher auch die Fischer, Gaardleute und Kolonisten sich einfanden, denn Hvaland ließ schmausen und trinken, wer kommen und nehmen wollte.

Es war im August, die Sonne machte höhere Kreise und tauchte tiefer schon ins Meer hinab, um später wieder aufzustehen. Erhitzt vom Wein und seinen Gedanken, ging Stureson, als die Dämmerung anbrach, an den Fjord hinaus. Er wollte allein sein, um einige Minuten lang sich selbst zu gehören. Er hatte alles erreicht, was er wollte, Mary und ihr Geld waren sein, aber Hohn und Verachtung kämpften in seinen Zügen, als er die Felsen hinaufstieg und zurückdachte. Die Gesellschaft, aus der er entkommen war, ekelte ihn an, und selbst das Mädchen, der er Liebe und Ergebenheit heuchelte, war ihm zuwider.

»Ich muß es alles ertragen«, murmelte er vor sich hin, »aber ich werde sie abschütteln wie der Bär die Bienen, wenn er ihren Honig geraubt hat, und mich wälzen, um sie zu zerdrücken, sobald es nötig ist. Große Ehre für mich«, fuhr er in seinem Selbstgespräch bitter auflachend fort, »dies alberne Ding, die einem Lappen sich hingegeben, als meine Frau heimzuführen, mich in Artigkeiten und Schmeicheleien abzuquälen, um ihren zuckenden Finger zu erhalten, ihr Ohr zu betäuben, während ihr Herz kalt ist wie das Eis da oben. – Und dieser Schwiegervater in den speckglänzenden Lederhosen – welch ein Anblick für meine lustigen Freunde und edlen Verwandten in Christiania! Aber, Geduld, Lars, Geduld, mein guter Junge! Hat er die Taschen erst aufgeknöpft, und bin ich da, wo ich sein will, soll er einen anderen Ton hören! He, Henrik Jansen!« rief Stureson, sich selbst unterbrechend, als er, um einen mächtigen Stein biegend, den Kolonisten gerade wie damals am Strande bei seinen Netzen sah.

Der Böelappe schwenkte seinen Glanzhut, grinste hinauf, machte seine Kapriolen und winkte ihn zu sich herunter.

»Was soll's?« fragte der Landrichter belustigt. »Mein teurer Freund, komm herauf, wenn es dir beliebt!«

»Habe Euch etwas zu sagen, wohledler Sorenskriver!« rief der Kolonist leise herauf.

»Und warum bist du nicht bei deinen Genossen auf Hvalands Hausplatz?« fragte Stureson, über das Geröll steigend, »ißt von seinem Roggenbrot und Hammelfleisch und trinkst seinen Whiskypunsch zu meiner Ehre?«

»Weil ich nicht will«, erwiderte Henrik, seine verkehrten Augen umdrehend, indem er den Arm in die Seite stemmte. »Bin ein Mann, der auf seinen eigenen Füßen steht, wohne auf meinem Erbe und denke nicht daran, in Christie Hvalands Vorflur mit schmutzigem Volke zusammen zu sitzen.«

Stureson fand den Hochmut des kleinen Lappen sehr belustigend. »Das heißt, mein guter Freund Henrik Jansen«, sagte er, »du meinst, ein Platz neben Pfarrer und Sorenskriver würde besser für dich passen.«

»Und warum denn nicht?« fragte der Kolonist. »Ich will es nicht gerade heut von Euch fordern, Sorenskriver, aber künftig müßt Ihr mich einladen!« Er grinste ihn boshaft an, während Stureson ihn verächtlich betrachtete, drehte seinen Glanzhut herum und schlug mit der Hand auf den Deckel. »Ihr werdet es tun, denk ich, hochedler Sorenskriver«, fuhr er fort, »denn Ihr wißt, daß ich es fordern kann.«

»Du bist ein Narr, Henrik«, sagte Stureson ruhig. »Aber warum hast du mich gerufen?«

»Weil ich Euch fragen wollte«, erwiderte der Böelappe mürrisch, »ob Ihr meine Sache bei dem Vogt betrieben habt?«

»Welche Sache?« fragte der Landrichter.

»Welche Sache?« wiederholte Henrik. »Habt ein kurzes Gedächtnis. Ich meine meine Anstellung als Schulmeister, nachdem der Tagedieb fort ist und niemals wiederkommen wird.« Er brach in ein leises heiseres Gelächter aus und steckte seine Finger in den Mund.

»Was geht mich die Schulmeisterei an«, antwortete Stureson. »Sprich selbst mit dem Vogt! Aber es ist Wahrheit, Henrik Jansen: bist ein Mann, der zum Lehren so wenig taugt wie zum Lernen. Bleib bei deinen Ackerstücken und Netzen, steh auf deinen Füßen, so breit du willst, und laß mich in Frieden!«

»Hehe!« schrie der Böelappe, als er nach einem starren Augenblick bemerkte, daß sich der Landrichter entfernen wollte, »besinnt Euch wohl, Sorenskriver, ob's recht getan ist. Ich will Schulmeister werden! Habe geschwiegen und werde schweigen, aber ich sage es Euch ins Gesicht, ich will reden, wenn Ihr Euer Wort nicht haltet!«

»Was willst du reden, du armseliges Geschöpf!« rief Stureson, sich verächtlich umwendend. »Jungfer Mary ist meine Braut. Beleidige sie mit einem Worte, und ich will dir zeigen, wie Verleumder deiner Art bestraft werden!«

»Will reden«, erwiderte Henrik, boshaft lachend, »werde reden!« Und indem er die Hand nach der Klippe ausstreckte, auf deren Vorsprung der letzte Strahl des roten Sonnenlichtes fiel, fügte er mit wildem Grinsen hinzu: »Seht hin, Sorenskriver, ob Ihr dort nichts seht! Sieht aus wie Blut!« Er ließ sein heiseres Lachen hören und schielte zu Stureson hin, aus dessen Gesicht alles Leben gewichen war.

Eine jähe Furcht schien den Böelappen zu ergreifen, als der Landrichter ihn mit durchbohrenden Blicken betrachtete. Er sprang, so schnell er konnte, zurück und ergriff die Flucht. Aber er erholte sich von seinem Schrecken, als Stureson ihn plötzlich lachend mit freundlicher Stimme zurückrief.

»Ich sage es dir noch einmal, Henrik, du bist ein Narr, wenn du aus einem freien Kolonisten ein Schulmeister werden willst, dem Pfarrer, Vogt und Aufseher Verweise erteilen und ihn fortjagen können, wenn es sich zeigt, daß er seine Sache vernachlässigt oder ihr nicht gewachsen ist.«

»Ich will's aber sein«, erwiderte der Kleine halsstarrig.

»Nun gut, so will ich dir beistehen«, sagte der Landrichter, »verlaß dich darauf, du sollst es werden, wenn es angeht.«

»Und will mit Pfarrer und Sorenskriver und Vogt an einem Tische sitzen!« rief Henrik trotzig.

»Sollst an einem Tische mit ihnen sitzen«, sagte Stureson. »Aber was sprachst du von der Klippe dort? Was, meinst du, sähe wie Blut aus?«

»Nichts, nichts«, sagte der Lappe mit einem häßlichen Grinsen. »Habe einen Traum gehabt von dem Hundesohn Olaf, der verflucht sein soll. Träumte mir, er sei da hinuntergestürzt und liege tief unten bei den Grundhaien.«

»Hüte dich, Henrik Jansen, vor solchen Träumen, wenigstens vertraue sie niemandem«, sprach der Landrichter drohend. »Du bist sein Feind gewesen, jedermann weiß das. Leicht könnte der Glaube entstehen, deine Hand hätte ihn hinabgestoßen.« Er stieg rasch die Uferhöhe hinauf und ließ den boshaften Lappen erschrocken stehen.

Nach einigen Minuten war er wieder bei der Gesellschaft, welche sich inzwischen durch Frauen und Töchter der Nachbarn und Freunde Hvalands vermehrt hatte. Stureson war liebenswürdiger und herablassender, als er je gewesen. Das Fest gewann an Fröhlichkeit und Laune mit jeder Stunde, Scherz und Gelächter schallten durch die Nacht, und endlich wurde zum Tanz aufgespielt, der erst endete, als die Morgenröte am Himmel erschien.

Der Landrichter kehrte nach drei Tagen erst an den Malanger Fjord zurück, um sein Haus mit allerlei neuen Einrichtungen zu versehen, die ihn mehrere Wochen lang beschäftigten. Er ließ ein paar Zimmer einrichten, welche seine junge Frau bewohnen sollte, machte aus zwei anderen, die er schon glänzend hergestellt hatte, einen Saal und kümmerte sich nicht darum, daß manches, was kaum fertig geworden war, dabei wieder zugrunde ging. Um neues Material zu beschaffen, fuhr er nach Tromsöe, wo er bei den Kaufleuten Decken, Geräte und Tapeten auswählte, so kostbar und schön er sie erhalten konnte.

Überall im Lande war inzwischen seine Verlobung bekannt geworden, wohin er kam, wurde er mit Glückwünschen empfangen und noch viel tiefer als früher gegrüßt, denn jedermann wußte, daß der reiche Hvaland nur die eine Tochter hatte. Der hochfahrende Mann nahm alle diese Huldigungen als einen schuldigen Tribut auf, den er herablassend bei den Vornehmsten und Ersten durch eine Einladung an den Malanger Fjord vergalt. Viele Gerüchte waren über die Pracht verbreitet, mit welcher Stureson sich umgeben hatte. Die Arbeiter erzählten von Kronen aus Glas und Gold, von goldenen Leisten, die um Türen und Wände liefen, von glänzenden Möbeln aus ganz dunklem Holze, von großen Uhren unter Glasglocken und wunderbaren Stühlen und Tischen mit geschnörkelten und geschnitzten Beinen. Die Neugier auf diese Herrlichkeiten war um so größer, da Stureson nicht der Mann war, sie zu befriedigen. Er hielt sein Haus verschlossen. Die in Geschäften zu ihm kamen, wurden in seiner Amtsstube empfangen und konnten höchstens bis in sein Wohnzimmer gelangen, wo es freundlich und bequem, aber doch nicht übermäßig prächtig aussah. Weiter zeigte er nichts, und sein stolzes Wesen schnitt jede lästige Zudringlichkeit ab.

Endlich war er fertig mit dem letzten Pinselstriche, und nun sollte Mary sich daran ergötzen und erstaunen. Von Zeit zu Zeit hatte Stureson sein Pferd satteln lassen und war über die Halbinsel zu Hvaland geritten, der ihn immer sehnsüchtig erwartete und glücklich war, wenn sein stattlicher Schwiegersohn kam. Im Hause wurde fleißig genäht, und große, glänzend beschlagene Kisten von braungefärbtem und mit Blumengirlanden bemaltem Holz standen in Reihen auf der Diele. Sie enthielten den Leinen – und Bettenschatz, Kleider und Schmuck, welchen Hvalands Tochter ihrem

Ehegemahl zubrachte. Daß für sein Haus nicht weiter gesorgt werde, hatte Stureson dringend gebeten.

»Ich denke«, hatte er gesagt, indem er Mary lächelnd umarmte und küßte, »sie ist von bescheidenem Sinne und wird mit meiner einfachen Häuslichkeit zufrieden sein. Ich selbst will nichts als sie allein, und wäre es nicht eine alte Sitte, ehrwürdig aus der Vorväter Zeit, daß jede Braut in den großen bunten Kästen, mit Messing beschlagen, ihr Hochzeitsgut in die Ehe bringt, so würde ich es gänzlich ausschlagen.«

Der kluge Sorenskriver hatte gut reden. Er wußte genau, welche Ehrensache es für Braut und Eltern ist, die größten und meisten Kisten vollgefüllt mit Stoffen und Betten in das Haus des Mannes mitzunehmen. Wenn aber Hvaland auch geizig war, so war er es doch gewiß nicht dort, wo es darauf ankam, sich als einer der Reichsten im Lande zu erweisen. Marys Mutter und Großmutter hatten für sie schon ganze Berge feiner Wäsche, Tischzeug und Leinen gesammelt, und keine Bergenfahrt hatte Hvaland gemacht, wo er nicht ein Stück holländisch oder deutsches Leinen, Damast oder sonst ähnliches mitgebracht hatte.

Stureson erstaunte, als er die Masse dieser Vorräte sah, von denen das meiste ganz unberührt in seiner ersten Verpackung aufbewahrt worden war. Aber es war ihm noch viel lieber, als sein Schwiegervater ihm erklärte, er möge ein stolzer Mann sein, wie er wolle, das aber müsse er gestatten, daß Mary ihm jährlich eine Zubuße zur Wirtschaft von zweitausend Spezies zubringe.

»Macht keine Umstände«, rief er, als Stureson Einwände erhob, »wie lange wird es dauern, und alles, was ich besitze, gehört Euch. Ich kann's tun, und mehr tun, wenn Ihr es nötig habt, denke aber, ist genug für jetzt, und will zulegen, wenn Enkel auf meinen Knien sitzen. Will's zusammenhalten für die. Wenn ich es aber nicht erleben sollte, so tut Ihr es für mich. Werdet mehr finden, als Ihr meint.«

Mit dieser frohen Gewißheit war Stureson das letzte Mal heimgekehrt, und als er jetzt über die Berge ritt, gefolgt von einem Diener, der ein schönes nordisches Bergpony an der Leine führte, überdachte er spöttisch lachend die zarten Rücksichten des Fischhändlers und sagte zu sich selbst: »Zu einem Dinge in der Welt ist jeder

Dummkopf gut. Dieser würdige alte Hvaland hat sein ganzes Leben über in dem einsamen Gaard gesessen, hat Lappen, Quäner und Normänner jahrelang mit seinem dicken Rechenbuche, seinen schlechten Waren und enormen Preisen betrogen, ist jährlich in Sturm und Schneewehen nach den Lofoten gefahren, um in bitterlicher Kälte und allerlei Qual Kabeljaue zu fangen, die er samt Tranfässern und Eiderdaunen dann nach Bergen schaffte, um mit Geldsäcken auf seine Klippe zurückzukehren. Und alles das hat der Tor getan und wird es weiter tun, damit ich das Ganze einstreiche! Das ist seine Bestimmung auf Erden, Geld zu erwerben, welches ich auf würdige, menschliche und zweckmäßige Weise anwenden werde! Der Himmel ist gerecht, er gibt jedem sein Glück! O wäre erst die Stunde da, wo ich diese elende Wüste auf immer verlassen hätte!«

Er half seinem strauchelnden und klimmenden Pferd auf, das über Rollsteine und Getrümmer die Höhe des Fjeldes zu erreichen strebte, das durch die Mitte der Halbinsel hinzog. Wie alle diese seltsamen Gebirge bildete es keine Spitzen, sondern dehnte sich oben zu einer Ebene aus, deren dichter Moosteppich reich von dem rötlichen Schimmer der nahrhaften Moltebeere durchzogen war. Sumpfige Quellen machten den Boden weich und tief, zuweilen bog sich dieser unter den leichten Hufen der Pferde, zwischen den Felsen wucherten Felder von blauem und rotem Fingerhut, und duftige Enzianbüsche standen in Büscheln dicht beisammen.

Der Sorenskriver ritt langsam über die Fjeldhöhe hin, die in Schluchten abschüssig nach beiden Seiten niederfiel. Bäche donnerten darin nieder, Birkenwald füllte sie aus, zu seiner Rechten lagen die gewundenen Meeresarme und Inseln, zu seiner Linken schaute er in das tiefe Tal des Berdo-Elf hinab, und jenseits lagen die wilden, unermeßlichen Wüsten der lappischen Alpen schwarz und nackt mit einzelnen hohen zackigen Felsenköpfen, zwischen denen mächtige Eislager niemals schmelzen wollten.

Mitten in seinen stummen Betrachtungen hielt Stureson plötzlich sein Pferd an und deutete auf eine nahe Schlucht, an deren Ende Rauch aufstieg.

»Was gibt es da?« fragte er, nach seinem Diener gewandt.

»Lappen, Herr«, erwiderte der Mann, »die hier ihr Lager aufgeschlagen haben, um übermorgen den Markt am Malanger Fjord zu besuchen.«

Stureson nickte beistimmend. Am 24. August war der große Lappenmarkt, der hier an der Grenze der Lappmarken gehalten wurde. Eben dieser Markt und einige andere brachten ihm bedeutende Einnahmen, und Mary sollte dabeisein. Festliche Gelage in seinem Hause sollten die Vorfeier seiner Hochzeit bilden.

Der Landrichter lenkte sein Pferd von der Mitte des Fjeldes ab der Schlucht zu, sein Diener folgte ihm nach, obwohl er den Kopf schüttelte und vor sich hin brummte. Er konnte nicht begreifen, was sein Herr bei einer Bande ekelhafter Lappen wollte, die er aufs tiefste verachtete, und machte, als er jetzt die spitzen Zelte sah, das Bellen der Hunde hörte und die gehörnte Herde erblickte, welche flüchtig zusammenlief und die Nasen in den Wind streckte, seinem Unwillen in einem derben Fluche Luft.

»Du scheinst kein Freund von Rentieren und Lappen zu sein, Niels?« fragte Stureson.

»Das lauernde schlechte Gesindel kommt einem nur zu oft in den Weg«, erwiderte der Mann.

»Fürchtest dich?« fragte der Landrichter lachend.

Der kräftige Bursche spie verächtlich aus. »Fürchte mich nicht«, sagte er mürrisch, »möchte aber doch nicht mit ihnen zusammentreffen.«

»Und mit solchem jämmerlichen Geschöpfe hat sie sich eingelassen«, murmelte Stureson vor sich hin, »und sage einer, was er wolle, sie denkt noch jetzt an ihn, wenn sie sich manchmal so plötzlich von mir wendet und die Augen niederschlägt – nun, ich weiß mich zu entschädigen –«

Hier wurde der Landrichter in seinen Überlegungen unterbrochen, denn zu seinem größten Erstaunen hörte er seinen Namen laut rufen.

Auf der grünen, mit Birken und Gras bewachsenen Stelle, der sie sich genähert hatten, standen drei hohe Zelte, vor denen wohl fünf- bis sechshundert Rentiere sich zusammendrängten. Ein halbes Dutzend Männer, mehrere Weiber und Kinder hockten um das mittelste und größte Zelt, dessen grober Vorhang von Segeltuch halb zurückgeschlagen war und innen ein qualmiges Feuer sehen ließ, über welchem ein Kessel an eiserner Kette hing. Eine alte Frau mit tief niederhängenden Haaren rührte in dem Kessel herum, aus welchem ein scharfgewürzter Duft aufstieg. Vor dem Zelt aber erblickte Stureson den Missionar Propst Stockfleth, der ein Buch in der Hand hielt und dieser Gesellschaft offensichtlich eben eine geistliche Erbauungsstunde gehalten hatte. Er hatte Stureson erkannt und angerufen.

Nach wenigen Augenblicken hatten sich beide verständigt, und der Landrichter nahm neben Stockfleth Platz. »Ich habe«, sagte der Missionar, als die üblichen Begrüßungen ausgetauscht waren, »eine sehr weite Wanderung gemacht, um irgendeine Nachricht über meinen armen Freund Olaf zu erhalten, der, wie Sie wissen, seine Stelle verlassen hat, ohne daß jemand wüßte, wohin er gegangen ist.«

»Und auch Sie haben nichts entdeckt?« fragte Stureson.

»Nichts«, erwiderte der Propst seufzend. »Diese Kinder der Wüste sind gewöhnt, am kleinsten Zeichen eines Menschen Spur aufzufinden, doch alle Mühe ist verloren gewesen.«

»So muß er verunglückt sein«, sagte Stureson.

»Leider wohl«, antwortete der Missionar. »Hier ist die ganze Familie meines unglücklichen Schützlings. Seinen Brüdern gehört diese Herde, ihre Frauen und Kinder helfen bei dem harten Hirtenleben, und die alte Mutter hält patriarchalisch Ordnung und Einigkeit aufrecht. Es sind gutgeartete Wesen«, fügte er hinzu, als er den verächtlichen Blick bemerkte, mit welchem Stureson den Kreis der Männer, Frauen und Kinder musterte, der sich um sein Roß gesammelt hatte, »alle sind gläubige und fromme Christen, redliche Freunde, arbeitsam und, was selten ist, mäßig und getreuen Sinnes.«

Stureson hörte aufmerksam zu, was der Missionar zum Lobe dieser Lappen sagte, und einen eigentümlichen Reiz konnte er dem wilden und freien Nomadenleben nicht absprechen. Die Männer waren sämtlich unter Mittelgröße, breitschultrig und schwachbeinig mit flachen gedrückten Gesichtern und rötlich entzündeten Augen, die Weiber meist alle häßlich, die Kinder gelb und hager, dennoch aber hatten sie etwas Verständiges, Ernstes und Bescheidenes, was für sie einnehmen konnte. Mit dem Widerwillen des echten Normannes betrachtete Stureson jedoch ihre wetterharten Gesichter und schwieligen Hände, ihre braunen Baumwollhemden, die breiten Ledergürtel, an denen das Messer hing, und die Mützen, unter denen ihre schlauen beweglichen Augen blitzten. Es kam ihm vor, als träfen ihn die Blicke des älteren Mannes, welcher das Haupt dieser Familie war, ganz eigentümlich lauernd und tückisch, und eine geheime Furcht wandelte ihn an, denn plötzlich fiel es ihm ein, daß dies Olafs Brüder seien, die Blutrache üben könnten.

Es war dies jedoch nur ein Blitz, der durch seinen Kopf zuckte und wieder verschwand. Er richtete Fragen an den Lappen und erhielt bescheidene und verständige Antworten, dann erzählte er dem Missionar, daß er auf dem Wege zu Hvaland sei und Mary ihn längst erwarten werde.

»Sie wissen es doch, Propst Stockfleth«, fuhr er fort, »Jungfer Mary ist meine Verlobte, in vier Wochen wird sie meine Frau sein.«

»Ich habe es denken können, Herr Stureson«, erwiderte der Geistliche sanft.

»Und Sie wünschen mir Glück, nicht wahr?« rief der Landrichter, ihn triumphierend anschauend, indem er ihm die Hand bot.

»Wie sollte ich nicht, da ich zugleich damit dem guten Kinde Glück wünsche, die alles Glück auf Erden verdient.«

»Sie liebt mich«, fiel Stureson stolz ein, »und an Glück und Freuden wird es ihr nicht fehlen. Morgen wird sie mit ihrem Vater mich an den Malanger Fjord begleiten, um mein Haus zu sehen, wo sie wohnen wird. Ich denke, Propst, Sie werden auch auf dem Markt sein und Ihre Pflegekinder nicht verlassen. So lade ich Sie ein, gastlich an meinem Herde zu sitzen und Mary Ihren Segen zu erteilen.«

»Ich werde kommen«, erwiderte der Missionar, »Mary zu sehen wird mir ein Trost sein.«

Der übermütige und spöttelnde Ton in St500 Sturesons Fragen und die ruhigen und milden Antworten des Priesters bildeten eigentümliche Gegensätze. Der Sorenskriver fühlte recht gut, daß dieser greise Schwärmer sein Freund nicht sei, aber er hielt es für nötig, nicht ganz mit ihm zu brechen. Er änderte daher seine Redeweise, sagte dem Propst schmeichelhafte Dinge, ließ sich belehren und umherführen und machte endlich, wie er sich selbst sagte, der Hexenmutter in des Teufels Garküche seihe Aufwartung, die sich bis jetzt nicht um ihn gekümmert hatte, sondern fortgesetzt mit ihrem Kessel und dem Gericht darin beschäftigt war.

Es war eine knochige Frau, größer und stärker als ihre ganze Nachkommenschaft. Die Pocken hatten furchtbare Verheerungen in ihrem Gesicht angerichtet, trotz der Runzeln und Falten sah man noch die tiefen Narben, welche es überall kreuzten, und doch war sie in ihrer Häßlichkeit bei weitem nicht so grauenhaft zurückschreckend wie die Greisinnen dieses unglücklichen Volkes oft sind. Ihr langes ergrautes Haar fiel in Zöpfen unter ihrer Mütze hervor und bedeckte ihre Stirn, unter der ein Paar helle glänzende Augen hervorsahen. Sie grüßte den Gast mit Freundlichkeit und richtete einige Worte in lappischer Sprache an ihn, welche Stockfleth übersetzte und die ganz poetisch klangen.

»Sei gegrüßt, fremder Mann«, sagte sie, »und sei willkommen bei den Kindern Herna Jubas. Wenn du ihnen Gutes bringst, so segne Gott deine Schritte, wenn du Böses ihnen getan hast, so möge er dir vergeben. Setze dich zu uns und nimm von unserer Speise. Wir teilen gern mit dir, was wir haben. Ein Platz ist leer an unserem Herd, er gehörte unserem Liebling. Setze dich, wo er gesessen hat, damit wir denken, du seist es, und damit wir dich segnen.«

Während sie sprach, brachten mehrere Mitglieder der Familie eilig weiche Decken, und der Propst sagte bedauernd: »Sie denkt an Olaf, die arme alte Frau. Er war das jüngste ihrer Kinder, auch hat sie oft vergebens ihn zu bestimmen gesucht, zu seinem Stamme zurückzukehren, denn Sie wissen wohl, Herr Stureson, es gibt nicht viele unter ihnen, die um alle Schätze und alles Wohlleben, was die Welt bieten kann, ihr freies Leben in diesem unermeßlichen Lande vertauschen möchten.«

»Und warum hat der Narr den Willen seiner Mutter nicht erfüllt?« rief der Landrichter mit unmutiger und heftiger Stimme, indem er trotzig den Sitz einnahm, der ihm angeboten wurde. »Er wäre hier besser aufgehoben gewesen als in dem engen Balkenhause!«

Er wich dem Blick des Missionars aus und sah in die grüne Schlucht hinab, auf die grasende Herde der Tiere, von denen manche Glocken trugen, welche aus der Tiefe melodisch heraufklangen. Die langen Linien der Alpen stiegen in bläulicher und rötlicher Färbung in weiter Ferne terrassenartig zum Horizont auf. Sonnenschein und Himmelsbläue verschmolzen zum weichen Schimmer. Die hellen Birken mit ihrem kühlen Schatten, der blitzende und rauschende Bach, welcher über Moos und Getrümmer abwärts schoß, und diese einsamen Menschen, deren Reich so unermeßlich und deren Welt doch so klein war, konnten mancherlei Gedanken und Empfindungen aufwecken.

Stureson fand die Szenerie wild und groß und ließ sich von den Brüdern Olafs, die unvollkommen genug norwegisch zu sprechen versuchten, allerlei erzählen. Er betrachtete sie dabei, und es fiel ihm ein, daß dies die Männer gewesen sein mußten, welche er einst aus Olafs Hütte kommen sah. Sie sahen sich alle ähnlich, und sonderbarerweise empfand er immer wieder ein unheimliches Gefühl, wenn ihre Augen sich fragend an ihm festklammerten.

»Ihr wollt also morgen an den Malanger Fjord hinabziehen und den Markt besuchen?« fragte er.

»Wir wollen vierzig oder fünfzig unserer ältesten und fettesten Tiere auf den Markt bringen«, erwiderte das Familienhaupt, »wollen Felle verkaufen und Mehl samt anderen Waren einhandeln, die für den Winter uns nötig sind.«

»Und dann mit Schätzen beladen unter dem Schnee liegen, bis die Sonne wiederkehrt«, sagte Stureson lachend.

»Glauben Sie das nicht«, erwiderte der Missionar. »Diese Hirten haben auch im Winter mancherlei Geschäfte zu verrichten und gleichen nicht den faulen Fischern und Kolonisten an der Küste, die tage- und wochenlang schlafen, wenn sie nicht essen. Sie haben ihre Herden zu bewachen, ihre Tiere zu pflegen, für ihre Familie zu sorgen und nebenher zu jagen und zu fischen an solchen Orten, wo reißende Strömungen das Zufrieren verhindern. In der Gamme, die mit Pelzen dicht ausgelegt ist, wo das Feuer stets brennt, fühlt man keine Kälte, und leicht vergehen dort die Tage unter Arbeit mannigfacher Art, unter Gebet, Belehrung und mancher Freude; denn das ist ein Vorzug, welchen Gott diesen armen Kindern gegeben hat: sie sind heiteren Gemüts, geneigt zum Scherz und aufgeweckten Geistes.«

Der Landrichter konnte sich des lauten Lachens nicht enthalten. »Sie sind ein wackerer und getreuer Freund Ihrer Freunde«, rief er. »Man könnte Lust bekommen, das idyllische Dasein in der Gamme zu versuchen.«

»Und wäre es denn ein übergroßes Opfer für den, der Ruhe, Frieden und ein einfaches Naturleben sucht und sich damit begnügt?« antwortete Stockfleth. »Es gibt in diesen Gebirgen versteckte Täler, die selbst im Winter grün sind, wo Quellen fließen, welche den Schnee schmelzen, und deren geschützte Lage sie so mild macht, daß man glauben möchte, Gottes segnende Hand liege sichtlich darauf. Freilich, man kann dort nicht zwischen Tapetenwänden wohnen«, fügte er mild lächelnd hinzu, »nicht die langen Nächte über Toddy trinken und Karten spielen, aber was sind schon alle diese Herrlichkeiten unserer reichen Herren gegen andere Herrlichkeiten der Welt! – Würden Sie, Herr Stureson, nicht gern diese schwarzen Felsenküsten verlassen, Ihr schön geputztes Haus am Malanger Fjord, das aller Leute Neid erregt, gerne aufgeben, wenn Sie dafür im Süden wohnen könnten oder in einer großen Stadt, die allen Luxus der Zivilisation besitzt?«

»Ja, bei Gott«, rief Stureson, »ich würde mich wenig besinnen!«

»Jeder nach seinem Wesen also«, sagte der Missionar, »und glauben Sie, daß die meisten der hier Geborenen ganz anders darüber denken als Sie.«

»Ei wohl«, lachte der Landrichter, »Mary selbst hängt ja mit großer Liebe an diesen lieblichen Felsenlabyrinthen!«

»Und niemals wird sie Ihre Wünsche teilen.«

»Possen!« rief Stureson. »Sie ist wie alle Weiber, sie liebt den Putz und den Glanz. Kommen Sie morgen zu uns, Stockfleth, und Sie werden sehen, wie ihr meine Spiegel, Polster und Teppiche behagen. Aber seien Sie unser Freund und prägen Sie ihr zeitig das verständige Gotteswort ein, daß die Frau dem Manne gehorchen und folgen soll, wohin er sie führen möge. Ich führe sie nicht in eines dieser paradiesischen Täler der Lappengebirge, sondern, sobald es mir glückt, in eine reiche bunte Welt, wo Freuden und Genüsse ihrer warten!«

»Und wo sie um so einsamer und verlassener sein wird«, erwiderte der Missionar seufzend, »einsamer, als lebte sie im tiefsten Schoß der Wüste.«

»Lassen Sie das meine Sorge sein, teurer Freund«, sagte Stureson spottend. »Wie man die feinen Gerichte der Kochkunst genießen lernen muß, ehe man sie vortrefflich findet, so ist es auch mit den Genüssen der Zivilisation. Ihren wackeren Beichtkindern würde eine Fasanenpastete nicht schmecken, sie würden das scheußliche Gemengsel, das unsere gute Wirtin soeben aus dem Kessel schöpft, gewiß bei weitem vorziehen.«

»Zuweilen aber sind diese rohen Speisen doch auch für den verwöhnten Geschmack nicht ganz übel«, antwortete der Missionar lächelnd. »Versuchen Sie nur, ob ich nicht recht habe.«

Die alte Frau reichte auf einem Holzteller dem Gast unter Höflichkeitsbezeigungen seinen Anteil an dem blutigschwarz gefärbten Gericht. Es roch kräftig und würzig, und Stureson faßte nach einigem Bedenken mutig den Blechlöffel, der ihm angeboten wurde, und machte um so eher den Versuch, es zu kosten, als er sah, daß sein Diener, der so viel Ekel vor allem hatte, was Lappe hieß, doch mit großer Begier davon aß. Es schmeckte vortrefflich, Stureson mußte es eingestehen. »Sehen Sie wohl«, lachte der Propst, »diese elenden Gebirgshirten verstehen sich doch so übel nicht auf eine Kochkunst, die selbst Ihrem Gaumen behagt. Und dies ist ihr Nationalgericht. Sie leben überhaupt nur von der Milch und dem Fleisch ihrer Rentiere und ihrer Jagdbeute. Was Sie da essen, ist ein Gemisch von Fleisch, Blut, Herz und Leber eines frisch geschlachteten Tieres samt fetter Milch und Mehl und wird so leicht von niemandem verschmäht werden.«

Der Landrichter ließ sich noch eine Portion reichen, trank von der eben gemolkenen Rentiermilch und gab lachend zu, daß die Tafel dieser Hirten mehr Freuden böte, als er geglaubt habe. Er beschenkte die Kinder der Familie mit Silberstücken, drückte den übrigen seinen Dank aus und wandte sich endlich nochmals an das Oberhaupt der Familie.

»Ich will dir wohl«, sagte er, »du scheinst ein verständiger und erfahrener Mann zu sein. Ziehe hinunter an den Malanger Fjord, ich will dich zum Kolonisten machen, dir Ackerstücke und ein Haus geben und für dein Fortkommen Sorge tragen.«

Der Lappe sah ihn starr an, seine kleinen Augen funkelten. Er schüttelte heftig und schnell den Kopf.

»Du willst nicht?« fragte Stureson. »Warum willst du nicht? Wenn ich dem Manne dort, meinem Diener Niels, eine solche Stelle anböte, er würde vor Freuden in die Luft springen.«

»So gib sie ihm«, sagte der Lappe ernsthaft.

»Du hörst, daß ich dir und deiner Familie gern etwas Gutes tun möchte«, entgegnete der Landrichter ungeduldig. »Deine Mutter hat mir Segen versprochen. Ich möchte ihn erwerben, wenn ich ihr ein Haus, einen Herd, Holz und Speise für ihr Alter zusichere. Ich möchte dir Gutes tun«, wiederholte er nochmals mit größerer Lebhaftigkeit, »darum schlage es nicht aus, du könntest es bereuen!«

»Mag dein Haus nicht, Herr, danke dir«, sprach der Lappe, und indem er mit mehr Stolz und Würde den Kopf aufhob, als ihm zuzutrauen war, fügte er hinzu: »Will frei sein wie meine Väter, frei leben und frei sterben. – Armer Bruder Olaf! Wie das wilde Rentier, mutig und leicht, würde er über die Berge springen wenn er kein Knecht geworden wäre! – Danke dir, Herr, danke dir; Herna Jubas Kinder brauchen deine Wohltaten nicht.«

Stureson fand sich beleidigt von dieser stolzen Ablehnung, aber Stockfleth sagte begütigend: »Sie dürfen es nicht übel deuten, Herr Stureson, Sie würden von allen Herdenbesitzern eine ähnliche Antwort erhalten haben. Wenn eine Familie noch mehrere hundert Rentiere ihr eigen nennt, so wird sie um keinen Preis ihr freies Bergleben aufgeben, und nur die äußerste Not kann sie dazu treiben. Herna Juba aber ist ein reicher Mann. Er weidet hier, wie Sie sehen, gegen siebenhundert Tiere und hat mehr als noch einmal soviel an den Quellen des Berdo-Elf zurückgelassen.«

»Nun wohl«, erwiderte der Sorenskriver, stolz lachend, »so mag denn jeder von uns seinen Aufenthalt suchen, wo es ihm beliebt. Sie haben mir schon früher einmal von dem Dünkel dieser noblen Familien erzählt, ich hätte dieser gern einen Ersatz geboten.«

»Ersatz? Wofür?« fragte der Missionar.

»Ei nun«, sagte Stureson, und seine Augen forschten scharf in Stockfleths Gesicht, »der Bursch, der verlorengegangen ist, lebte wohl noch, wenn ich nicht in Hvalands Haus gekommen wäre.«

»Herr Stureson!« rief der Propst erstaunt.

»Still, Herr Propst«, fuhr Stureson fort. »Sie haben darum gewußt, daß eine lächerliche und törichte Leidenschaft sich seiner bemächtigt hatte; Sie hatten Kenntnis davon, daß Mary aus Mitleid sich dazu hinreißen ließ, heimliche Gespräche mit ihm zu halten. Sie sehen, ich weiß alles. Sie haben ihn bewegen wollen, Missionar zu werden, um seine Narrheit durch ein christlich frommes Leben loszuwerden. Er hat es vorgezogen, dies Leben überhaupt zu enden.«

»Woher wissen Sie das?« fragte der Geistliche.

»Sonderbare Frage. Sein Ende liegt nahe, es kann nicht anders sein. Auch Mary glaubt es, der Gedanke erfüllt sie mit Schmerz, und alles, was ich aufbieten mag, kann ihre schwermütigen Grillen nicht ganz verscheuchen. So bitte ich Sie denn, Freund, reden Sie mit ihr, Sie sind ihr Vertrauter. Stellen Sie ihr vor, daß ihr und mein Lebensglück daran hängt, daß sie mich liebe, mir angehöre, ein Wesen vergesse, das nur durch eine Verirrung, die den Augen der Welt auf immer verborgen bleiben muß, in ein Verhältnis zu ihr geraten konnte. Schmach und Schande, Wohl und Ehre hängen daran! – Meine Ehre, Herr Stockfleth, Marys Ehre und Ihr eigenes Wohl, Herr Propst!«

»Mein Wohl, Herr Stureson?« fragte der Geistliche erstaunt.

»Ihr Wohl«, wiederholte der Landrichter. »Wenn man erführe, daß Sie um dies Verhältnis gewußt und es dem Vater verschwiegen haben, würde die öffentliche Meinung hart genug über Sie richten! – Sprechen Sie mit Mary, reißen Sie die letzten Wurzeln eines Andenkens aus ihrem Sinn, das diesen verdüstert. Machen Sie, daß ihre Wangen wieder blühen und ihr Auge wieder glänzt, daß eine liebende glückliche Braut mit mir zum Altar geht, und seien Sie meiner ewigen Dankbarkeit gewiß.«

Er war mit Stockfleth während dieses Gesprächs bis zu den äußersten Büschen gegangen, wo seine Pferde warteten. Jetzt schwang er sich in den Sattel, ohne die Antwort abzuwarten, und mit einem raschen Gruß eilte er über die schwellende Moosdecke des Fjelds fort. Ohne zurückzublicken, trieb er sein Roß an, und nach einer Stunde hielt er vor Hvalands Haus.

Mary empfing ihn scheu und befangen wie immer, weder das schöne Bergpony, das er ihr schenkte, noch alle seine Bitten und Überredungskünste konnten den Schatten von ihrem Herzen bringen.

Am nächsten Morgen traten sie gemeinsam die Rückreise an, aber ganz ersichtlich war eine Veränderung mit der Braut vorgegangen, deren sich Stureson heimlich freute.

Am Abend vorher hatte er wohl bemerkt, daß Mary von einer ihrer Mägde einen Zettel empfangen hatte, der sie in Unruhe versetzte, und nach einiger Zeit sah er sie den Pfad hinaufsteigen, der in das Tal führte, wo Olafs Hütte stand. Er glaubte zu wissen, was dieser Spaziergang zu bedeuten habe, und hielt es für passend, den Erfolg abzuwarten.

Er ging am Ufer der Bucht hinauf, denn Hvaland hatte ihn allein gelassen. Der Kaufmann war beschäftigt, mehrere große Boote mit Waren aller Art zu füllen, die auf den Markt an den Malanger Fjord gehen und schon während der Nacht durch Senjenöes Sund nach Lenvig hinaufschwimmen sollten. Der große lappische Herbstmarkt bot zu viele Vorteile, um nicht in Hvalands Kopf jetzt den ersten Platz einzunehmen und sein ganzes Denken darauf zu richten, wie und wodurch er am besten seinen Konkurrenten im Handel den Vorsprung abgewinnen könne. Alles, was Lappen, Fischer und die Quäner in den tiefsten abgeschiedensten Fjordarmen für den Winter zumeist gebrauchten, wurde in die Boote gepackt. Große Massen Scheren, Messer, Beile, Hacken und Eisenwaren aller Art, kupferne und eiserne Lappenkessel, Ketten, Nägel und Hämmer lagerten neben Mehlballen und Hülsenfrüchten, Zwirnbündeln und Nähnadeln. Das alles zu ordnen, zu verpacken, mit ölgetränkten Tüchern zu decken und Vorsichtsmaßregeln zu treffen, damit kein Schade geschehe, erforderte Arbeit und Aufmerksamkeit.

Stureson sah seinen Schwiegervater mitten unter der Schar seiner Bootsleute und Gehilfen sich abmühen wie der beste Packknecht, und er wandte sich lachend fort und sagte belustigt: »Er springt umher wie ein junger Bursch und läßt sich die Ströme Schweiß nicht verdrießen. Das ist sehr brav und rechtschaffen gehandelt! Wesen dieser Art würden sich unglücklich fühlen, wenn sie nicht büffeln und gaunern könnten!«

Unter vergnüglichen Betrachtungen setzte er seinen Weg fort, und gerade da, wo er in Olafs Tal hinabsehen konnte, fand er hinter großen Steinen seinen Freund, den Kolonisten, lang ausgestreckt, der auf der Lauer zu liegen schien.

Als Henrik die Schritte hörte, sah er sich erschrocken um, aber er beruhigte sich augenblicklich und winkte mit seinem vertraulichsten Grinsen den Landrichter herbei.

»Nun«, sagte Stureson, »was gibt es, Henrik? Du siehst so liebenswürdig pfiffig aus, als wärst du einem großen Geheimnisse auf der Spur.«

Der Böelappe schielte ihn boshaft an. »Ei, Sorenskriver«, entgegnete er, »du kommst zur rechten Zeit. Weißt nicht, wer da unten im Hause sitzt?«

»Etwa Olaf?« erwiderte Stureson. »Ist er wiedergekommen?«

Henrik lachte herzlich, schien aber dann doch plötzlich von einem Grauen ergriffen zu werden und ließ seine Blicke scheu über den furchtbaren Nachbarn gleiten. »Mußt nicht so sprechen, Herr«, sagte er, »du weißt zu gut, daß er nicht wiederkehren kann, der Sohn von einem Hunde. Aber weißt du nicht, Sorenskriver, daß die Toten aufwachen, wenn die Stimme ihren Namen ruft, die sie zuletzt gehört haben?«

»Dann nimm dich in acht, du Narr«, lachte Stureson, »daß er dir nicht erscheint!«

Der Böelappe richtete sich zornig auf, er konnte eine Verletzung seines Ansehens nicht ertragen, aber der Landrichter sah ihn mit überlegenem Hohn an, und während Henrik die Zähne fletschte, auf seltsame Weise nickte, den Arm in die Seite stemmte, seinen Glanzhut rundum drehte und seine breite Nase aufblies, lachte Stureson noch viel übermütiger den wunderlichen kleinen Kerl aus, der ihm mit seinem Ärger und Hochmut Spaß machte.

»Hast mit dem Vogt gesprochen?« fragte der Kolonist.

»Ei ja, lieber Henrik«, sagte Stureson, noch immer lachend, »allein ich kann dir wenig Hoffnung geben. Der Vogt meint, du seist ein Trunkenbold, ein Narr, ein ganz unwissendes und bösartiges Geschöpf, das unmöglich den guten ehrlichen und rechtlichen Olaf ersetzen könnte, der unglücklicherweise uns verlassen hat!«

»Sagt er das?« schrie der Kolonist wütend. »Aber ich will die Stelle haben, du mußt sie mir schaffen. Übermorgen komme ich an den Malanger Fjord, da sprich mit ihm!«

»Sei vernünftig und bleib zu Haus«, erwiderte der Landrichter.

»Will kommen«, sagte der Lappe, ihn angrinsend, »will an deinem Tische sitzen und dich mahnen vor aller Augen!«

»Komm immerhin, mein lieber Freund«, erwiderte Stureson sehr belustigt, »du sollst empfangen werden, wie du es verdienst. Aber höre, Henrik Jansen«, fuhr er fort, indem er den Ton änderte, »merke nochmals genau, was ich dir neulich schon sagte: Ich bin der Landrichter hier im Bezirk, du bist ein elendes, bösartiges, verworfenes Geschöpf. Wenn du es wagen solltest, gegen mich irgendeine lächerliche und nichtswürdige Verleumdung auszusprechen, die niemand dir glauben wird, so will ich dich strafen lassen, du Hund, bis du genug hast! Und nun packe dich fort und komm nicht wieder in meine Nähe, oder ich will es dir verleiden.«

Er stieß mit dem Fuß nach dem Kolonisten, der, ein paar Ellen fortgeschleudert, zu Boden stürzte, aufsprang und mit einer Eile entfloh, die seinem Entsetzen gleichkam.

»Das fehlte noch«, sagte Stureson, nachdem er genug gelacht hatte, »daß solch hochmütig verkehrtes Gewürm mich plagen und pressen könnte, und dies ist die einzig richtige Art, um mit ihm umzugehen. Ja, wenn es einer unserer hartköpfigen Bauern aus dem Süden wäre, die sich in ihrem Freiheitsdünkel so hoch stellen wie die Ersten und Mächtigsten – aber glücklicherweise handelt es sich hier nur um ein vertiertes lappisches Geschöpf.«

Er duckte sich hinter den Steinen und beobachtete das Haus im Grund, dessen Tür sich eben öffnete, und deutlich sah er Mary, die an Stockfleths Hand durch das öde Gartenland ging, WO jetzt Unkraut wild aufwucherte. Der Geistliche begleitete das junge Mädchen bis an den Bach, dort blieben sie beide stehen, um Abschied zu nehmen. Stockfleth legte die Hände auf Marys Haupt und küßte ihre Stirn. Dann drückte er sie an seine Brust und deutete zum Himmel hinauf. Von sanften, liebreichen Worten mußten seine Lippen überströmen, denn ihre Blicke hingen an ihm fest. Stureson meinte mit seinen scharfen Augen den Trost in ihren freundlichen Zügen entdecken zu können. Endlich schien der Propst ihr noch einmal ein Versprechen abzunehmen, das sie in seine Hände niederlegte – so schieden sie.

Mary flog leichten Fußes die Höhe hinan, der Missionar blieb einige Minuten stehen, bis er umkehrte, noch einmal den wüsten Garten und das kleine Haus betrachtete, traurig den Kopf schüttelte und nun in der Schlucht aufwärts stieg, welche auf die Höhe des Fjelds führte.

»Er kehrt zu den Rentieren und dem süß duftenden Kessel der alten Hexe zurück«, sagte Stureson, »und wohl bekomm es ihm! Aber welche Macht hat der Heiligenschein und der schwarze Rock auf Erden! Was alle meine Zärtlichkeit, meine Aufmerksamkeit, mein Schmachten und Bitten nicht vermochten, das vollbringt dieser graubärtige Priester in einer Stunde. – Glück auf denn, Lars, sie wird dich lieben, weil er es ihr als Pflicht befohlen hat. Ich habe oft gesagt«, fuhr er spottend fort, indem er an der Bucht hinabging, »daß Priester nur in der Welt sind, damit Dummheit und Aberglauben nicht aussterben, jetzt kann ich Abbitte leisten. Sie sind auch dazu da, nicht allein die Geister, sondern auch die Herzen der Menschen zu unterjochen und alles, was ihnen nützt, wofür man sie gewinnt, als geistliches Gebot auszurufen.«

Unter solchen Gedanken kehrte er zu Hvalands Haus zurück. Den ganzen Abend war Mary sehr still und geschäftig, aber er bemerkte sehr wohl, daß ihre Blicke mild und prüfend ihn betrachteten und ihre Antworten freundlicher und teilnehmender klangen, als es sonst der Fall gewesen war.

Am Morgen hob Stureson seine Braut auf den mutigen Zelter, und jetzt zum ersten Male fühlte er etwas, das sein Herz lebhaft berührte. Das junge Mädchen sah wirklich schön und stattlich aus. Es kam ihm vor, als sei sie über Nacht frisch aufgeblüht, wie eine Blume, der es an Wasser gemangelt, oder als sei er blind gewesen und habe nicht bemerkt, welche Reize sie besaß. Ihr sanftes Gesicht war heute von frischer Röte überzogen, die tiefbraunen Augen schimmerten klar unter langen Wimpern und schienen ihm etwas sagen zu wollen, die braunen Locken quollen reichlich und glänzend unter dem kleinen Hut mit dem grünen Schleier hervor, ihre Füße waren schmal, ihre Hände klein und rund – es war Stureson, als sähe er sie zum ersten Male, und er stellte befriedigt fest, daß sie in allen Salons würde erscheinen können und dort mit Hilfe von Putz und Moden sogar Aufsehen erregen würde.

Das feurige Pony selbst, welches das hübsche Mädchen trug, schien stolzer unter der leichten Last. Es war von echter Rasse, isabellfarbig, mit schwarzem Streif vom Maul bis zur Schwanzspitze. Sein schwarzer Kamm, borstig und kurzgeschoren, stand steil auf dem schön gebogenen Hals, seine zierlichen schwarzen Füße und Hufe waren spiegelblank, und wie der Schaum um die roten Zügel flockte, die mit weißen Schlangenmuscheln besetzt waren, wie die Sonne auf dem Juchtensattel glänzte, der seine gelben funkelnden Nägelreihen zeigte, und das Tier auf der moosigen Ebene des Fjelds leicht dahinflog, ließ sich kaum etwas Schöneres denken. Stureson folgte der Reiterin mit gierigen Blicken und Gedanken, und hinter ihnen trabte Hvaland auf einem schwereren Klepper, vergnügt lachend über die Munterkeit seiner Kinder.

Erst auf der höchsten Erhebung des Fjelds hielt Mary das mutige Tier an und erwartete Stureson. Dies war der Punkt, wo er selbst gestern gehalten und das Meer und die tiefen Schluchten des Gebirges betrachtet hatte. Er bemerkte, daß Marys Augen sich forschend auf die Birken richteten, wo die Zelte der Kinder Herna Jubas gestanden, und er zweifelte nicht, daß Stockfleth ihr davon erzählt hatte. Aber es war nichts mehr davon zu sehen. Kein Rauch stieg auf, kein Rentier streckte sein gehörntes Haupt hervor, kein gelber Zottelhund ließ sein heiseres Bellen hören. Die Familie war weitergezogen, irgendein Versteck barg während des Marktes ihre Tiere, und Stureson hatte keine Lust, Marys Erinnerungen aufzufrischen.

»Wie schön ist es hier!« rief sie ihm entgegen, »wie herrlich und wunderbar ist mein Vaterland selbst in diesen wilden und unbewohnten Gebirgen!«

»Aber viel schöner noch ist es da, wo Menschen wohnen«, sagte Stureson. »Ich werde bald andere Berge mit dir besteigen, meine liebe Mary, von denen du auf andere Fjorde hinabsehen sollst, wo Wälder von Kirschen und Nußbäumen stehen, wo süße Birnen und Äpfel reifen und wo alles dein sein soll, was dein Herz begehrt.«

»Mein Herz«, erwiderte sie, die Augen zu ihm aufschlagend und ihn forschend betrachtend, »ist genügsam, und dennoch verlangt es mehr als andere. Auch meine Wünsche sind bescheiden, obwohl sie dir unbescheiden dünken könnten.«

»Erkläre mir deine Rätsel, Mary«, entgegnete Stureson, der sich von ihren Blicken eigentümlich betroffen fühlte.

»Jetzt nicht«, wehrte sie ab, »mein Vater kommt. Laß uns bis an die Schlucht ihm entgegenreiten; ich denke, es muß schön sein, dort hinabzusehen.«

Sie trieb ihr Pferd dahin, wo der Bach von Felsen zu Felsen in den Spalt sprang und seinen kühlen Staub vom Luftzug zurücktragen ließ. Schlanke Bergtannen und Birken hielten die Seiten der Tiefe dicht besetzt, die so grün und lieblich aussah und so sonnig beglänzt, und dann wieder von schweren Schatten umnachtet wurde, daß jedes Auge mit Wohlgefallen hinabblicken mußte. Geheimnisvoll umhüllte der dichte Wald die schroffen Wände, aber Stureson meinte irgendein Wesen zu entdecken, das mit großer Geschwindigkeit sich zwischen den Büschen fortbewegte und unter den schwarzen Tannen verschwand. War es ein Mensch oder ein Tier? Er wußte es nicht. Auch Mary hatte den flüchtigen Schatten bemerkt, und beide teilten sich ihre Vermutungen mit.

»Ein Bär«, sagte Stureson, »würde sich nach seiner Gewohnheit eher aufgerichtet und uns erwartet haben. Ich meine weit eher, daß es ein Lappe war, deren viele sich seit einigen Tagen schon von allen Seiten dem Malanger Fjord nähern, um ihre Klagen anzubringen und ihre Käufe und Verkäufe zu machen.«

»Und darum«, rief Hvaland, der inzwischen näher gekommen war, »laßt uns nicht länger hier nach dem Ungeziefer umhersehen, früh genug wird es uns in den Weg kommen! Lappen haben nie Gutes im Sinn, und wenn sie sich verkriechen, ist ihnen am wenigsten zu trauen.«

Stureson lachte. »Sie denken zu übel von den armen Leuten«, sagte er, indem er die Wirkung seiner Worte auf Mary beobachtete, »die doch auch ihre guten Eigenschaften haben. Ich bin zufällig neulich mit einer wandernden Familie zusammengetroffen, habe bei ihr gesessen und ihr Mahl geteilt. Sie waren alle freundlich und gefällig und sprachen verständig über ihre Lage. Die Schwärmerei des Propstes Stockfleth rechtfertige ich freilich nicht, aber wie roh und unwissend sie ihr wanderndes Hirtenleben auch macht, wir, die wir besser und gesitteter sein wollen, müssen als Christen uns ihrer annehmen und ihr Menschenrecht an ihnen achten.«

Hvaland widersprach dem in seiner Weise, aber der kluge Landrichter merkte wohl, welchen Eindruck seine Worte auf Mary gemacht hatten. Sie sah ihn dankbar an, und wenn es auch schien, als fiele es ihr schwer, der Aufrichtigkeit seiner Worte nicht zu mißtrauen, so überwand sie dieses Gefühl offensichtlich und reichte ihm mit einem frohen Blick ihre Hand hinüber, die er, erfreut über so viel Entgegenkommen, nahm und an sein Herz drückte. Verwirrt trieb Mary ihr Pferd weiter, und bald senkte sich das Fjeld, und vor den Reitern lag der prächtige breite Fjord.

Rasch ging es zu ihm hinunter, und heute war er sehr belebt. Große Boote und Jachten schwammen und ruderten über ihn hin, Geschrei, Lärm und Jauchzen schallten herauf. Aus den Booten wurden Tücher geschwenkt, frohe Stimmen riefen sich Grüße zu. Andere schon gelandete Marktleute standen am Ufer und bewillkommneten nahende Freunde, zahlreiche Fahrzeuge aller Größen lagen in langen Reihen, und ihre Mannschaften waren mit Ausladen beschäftigt. Viele Gruppen füllten den weiten Wiesengrund, der zwischen zwei hohen Fjellen sich lang ausdehnte, und mitten durch dies frohe Gewühl zog Stureson mit seinen Gästen seinem Hause zu, das im Sonnenglanz ihn erwartete.

Bald genug konnte er sich an der Verwunderung Hvalands und an dem erstaunten Lächeln des jungen Mädchens weiden, die beide sichtlich überrascht von den prächtigen Einrichtungen schienen. Der Landrichter konnte sich nicht genug daran tun, Mary immer wieder neue Herrlichkeiten zu zeigen, die alle ihr Eigentum sein sollten; alle diese Teppiche, diese glänzenden Spielereien, diese Spiegel und Bronzen sollten ihr gehören. In dem ihr zugedachten Zimmer stand ein großer Flügel, der ganz anders klang als das bescheidene kleine Instrument, das ihr Vater aus Bergen mitgebracht hatte. Auf Sturesons Bitten setzte sie sich auf einen gestickten Sessel und versuchte einige Läufe, deren Ton sie entzückte. Dann ließen die Männer sie allein, Hvaland wollte das ganze Haus sehen und Stureson ihm alle Veränderungen zeigen. Mary schmiegte sich in die Ecke eines weichen Damastlehnstuhls und überließ sich ihren Gedanken, während ihre Blicke fast teilnahmslos über die vielen schönen Gegenstände glitten, die sich im Raum befanden.

Der Kaufmann fand alles mächtig teuer und kostbar, aber er hatte auch seine Freude daran, denn sein Stolz fand sich geschmeichelt, einen solchen Schwiegersohn zu haben. Was ihm unverantwortliche Verschwendung geschienen hätte, wenn er für sich es hätte kaufen sollen, das war ihm angenehm, hier zu finden. In dem neu errichteten Saal war schon eine lange Tafel gedeckt, alles vollauf an feinem Tischzeug, Porzellan und Kristall. Darüber schwebte ein großer Kronleuchter, und an der Wandseite stand ein Tisch mit Weinen und Gläsern.

»Hier wollen wir fröhlich sein«, sagte Stureson, »heute, morgen und die nächsten Tage; aber nicht diesmal allein, sondern noch oft und immer, denn wenn Mary erst hier häuslich waltet, wird der Papa, so denk ich, uns aufsuchen, sobald es ihm zu einsam wird am Senjenöesund.«

»Ei ja«, rief Christie Hvaland, »sollt mich bei Euch haben, sooft es angeht! Werde Sehnsucht genug nach meiner Mary Augen empfinden. Aber was hilft es? Muß sie missen, ist Gesetz und Ordnung des Lebens, also von Gott eingesetzt.«

»Und bald sollt Ihr sie missen, bald!« fiel Stureson ein, indem er Mary lächelnd festhielt, die sich soeben wieder zu ihnen gesellt hatte.

»Haben es noch nicht festgemacht«, sagte Hvaland scherzend, »können bis zum Frühjahr damit warten.«

»Längstens noch vier Wochen, Schwiegervater!« rief der Landrichter. »Bitte, meine süße Mary, bitte mit mir, daß wir in nächster Woche uns vor dem Pfarrer in Talvige einstellen!«

Mary blieb stumm, der Landrichter jedoch schien dies für eine Zustimmung zu halten, denn ohne sie zu Wort kommen zu lassen, fuhr er fort, auf den Kaufmann einzureden, und nach einer ganzen Reihe von Scherzen und Einwendungen gab Hvaland endlich zu, daß, sobald der Markt am Malanger Fjord vorbei und die Rechnungen abgeschlossen sein würden, das Aufgebot von der Kanzel erfolgen könne, worauf alsdann am Michaelistage die Trauung stattfinden sollte.

Nachdem er dies versprochen, lief er hinaus und ließ die beiden Verlobten zurück, denn er sah durchs Fenster um die Spitze des Vorgebirges seine drei schwer beladenen Boote segeln und eilte, um zugegen zu sein, wenn sie Anker werfen würden, den Platz auszusuchen, wo er seine Bude errichten wollte, und mit allerlei Leuten zu sprechen, deren Dienste er nötig hatte.

Stureson öffnete inzwischen die Tür, welche aus dem Saal in den Garten führte. Hier war die schönste Aussicht auf Gebirge und Meer. Das ganze reizende Panorama, die umgletscherten Felsen der hohen Jauren, welche am Himmel zu schweben schienen, und das bunte Menschentreiben auf den grünen Ufern des Fjords, alles bot sich den Augen des Paares.

»Bist du es denn zufrieden, meine liebe Mary«, sagte Stureson im zärtlichsten Tone, »daß der Priester deine Hand in die meinige legt?«

»Ich bin es zufrieden«, erwiderte Mary ernsthaft, »und bitte meinen Schöpfer, daß er mir die Kraft verleiht, dich recht gut und glücklich zu machen.«

»Ei, das klingt recht fromm«, sagte Stureson lächelnd, »und Propst Stockfleth könnte nicht besser die Pflichten einer treuen und ergebenen Gattin schildern. Aber ich verlange mehr von dir, meine Mary! Du sollst mich lieben, mich verstehen, mir unlöslich anhängen, und ich will dich dafür so hoch erheben, wie ich immer vermag!«

Ihre tiefen braunen Augen sahen furchtsam, aber doch bestimmt zu ihm auf. »Ich denke«, sagte sie, »alles zu sein, was du von mir forderst, und verlange nichts dafür als das, was ein Mann seiner Frau immer geben soll.«

»Ach, deine Rätsel«, fiel Stureson ein. »So sage mir, was du verlangst, was dein genügsames Herz begehrt!«

»Mein Herz«, erwiderte sie lächelnd, »will, daß du es achtest und gütig mit ihm umgehst. Du hast in der großen Welt gelebt, viel erfahren und viele weit schönere und klügere Frauen kennengelernt. Ich habe nichts als mein natürliches Empfinden für das Rechte und Gute wie für das Ungerechte und Harte. Du willst, daß ich dich liebe und verstehe. Ich will mich bemühen. Aber zeige du mir den Weg, daß ich dich verstehen und lieben lerne, durch deine Handlungen, deine Güte, durch die Achtung, die alle guten Menschen dir zollen.«

»Du gutes Kind«, sagte Stureson, und seine Stimme drückte ein Gemisch von Spott, Mitleid und Teilnahme aus, »du hast ja recht. Wahre Liebe ist immer auf Achtung begründet, alles andere ist Täuschung, ein flüchtiger Rausch der Sinne, und man kann nur achten, was sich über das Gewöhnliche erhebt. Und dies gedenke ich ohnehin zu tun.«

»Ich wünschte mir«, antwortete sie, eingeschüchtert vom Klang seiner Stimme, »Gutes zu tun und durch dich Gutes zu fördern. Du bist angesehen in deinem Amt und kannst für Leidende und Unterdrückte viel tun. Holmböe hat manches bewirkt. Dies Haus, in welchem wir wohnen, besitzt ein gesegnetes Andenken. Aber Holmböe war zu arm, er konnte nicht ausführen, was er begonnen. Du wirst reich sein, meines Vaters großes Vermögen wird dich in den Stand setzen, viel Glück und Freude um dich zu verbreiten.«

»Wenn ich dich recht verstehe«, erwiderte der Landrichter, »so meinst du, daß ich mein Leben so gemeinnützlich anwenden soll wie mein Vorgänger? Daß ich Lappen zähme, den Boden bebauen, Kolonien errichten, Versuche machen soll, was hier gedeiht und wächst, und ähnliche Experimente?«

»So schön und reich und noch reicher möge dein Leben sein«, sagte Mary mit leuchtenden Blicken, »dann will ich getreulich alles mit dir teilen.«

Stureson lachte laut auf. »Ich will Hals und Kragen wetten«, rief er, »wenn nicht alles, was du mir gesagt hast, aus Stockfleths Kopf in dein weiches Köpfchen übergeströmt ist! Das sind seine Lehren – ich höre seine Grundsätze! Aber glaube mir, teure Mary, die Welt ist anders, als diese phantastischen Tugendbolde sie ausmalen. – O wende dich nicht ab und zürne mir nicht«, fuhr er fort, »wir wollen ja Gutes tun, soviel wir können, und ich will dich nicht hindern, deinem schönen Mitleid zu folgen. Aber wenn du meinst, ich müsse mein Leben hier zubringen, um Holmböes Narrheiten weiterzuführen oder Stockfleths Schüler und Bewunderer zu werden, so muß ich dir widersprechen.«

Er schlang den Arm um sie und deutete auf das bunte Gewühl am Fjord. »Laß doch diese Leute hier alle ihr Leben führen, wie sie es gewohnt sind; laß sie bei ihren Kabeljauen, ihren Tranfässern, ihren Rentieren, ihren Hütten und Booten leben, wie es Gott bestimmt hat. Wir werden mit aller unserer Mühe, mit allen unseren Opfern nichts daran ändern können. Was hat denn Stockfleth bewirkt, der seit zwanzig Jahren durch die Wüsten läuft? Was hat Holmböe bewirkt und vor ihm manche wackeren Männer, die alle bessern und bekehren wollten? Sieh diese zottige, gierige Masse an, sie ist so roh und schlecht, wie sie immer war. – Nein, so gemein soll unser Dasein nicht verkommen. Vertraue mir, glaube nur, daß ich weiß, was zu unserem Glück gehört, und du wirst sehen, ich streife deine Einfachheit, deine nachlässige Erziehung, deine Unkenntnis des Lebens bald von dir ab und mache, daß Grafen und Fürsten von deiner Schönheit, deiner Klugheit und deinem ganzen Wesen bezaubert sind!«

Diese Aussichten konnten Mary jedoch nicht erheitern. Sie schwieg, betrübt über den geringen Erfolg ihres Gespräches, sie fühlte sich verletzt und in ihren Erwartungen getäuscht, ihre Furcht vor dem gewalttätigen Wesen dieses Mannes erwachte erneut, und auch der Gedanke an die großen Aufgaben, die sie, nach des Propstes Meinung, an seiner Seite würde erfüllen können, vermochte ihre Bedrücktheit nicht zu mildern. Stureson seinerseits hatte genug gehört darüber, was dieses junge Mädchen dachte und was sie sich von ihrem Ratgeber hatte einreden lassen, um zunächst weitere Erörterungen zu vermeiden.

Um sie abzulenken, zeigte er ihr, was er in seinen Schränken an Silber und anderen wertvollen Gegenständen verwahrte, machte ihr einige hübsche Schmucksachen zum Geschenk, scherzte und gab sich froh und unbefangen. Sie jedoch konnte die spöttischen Blicke nicht vergessen, mit denen er sie betrachtet hatte, als sie von den Wünschen für ihr gemeinsames Leben sprach. Eine bittere Kälte füllte ihr Herz, und nur mit aller Gewalt vermochte sie die Tränen zu unterdrücken, welche das dumpfe Weh in ihre Augen drängte.

Nach einiger Zeit kehrte ihr Vater vom Markt zurück, und mit Hvaland kamen mehrere Kaufleute samt Frauen und Töchtern, darunter manche Freundinnen Marys oder was man gewöhnlich so nennt. Sie hatten ihre Zelte und Buden aufgeschlagen, ihre Wagen-vorräte ausgeschifft, geordnet und unter Aufsicht gestellt und folgten nun Christies Aufforderung, mit ihm seinen Schwiegersohn zu besuchen.

Es waren die reichsten und geachtetsten Leute, welche hier zu-sammenkamen und ihre Glückwünsche über das junge Paar aus-schütteten. In Sturesons prächtigem Haus verwandelte sich die Bewunderung der jungen Mädchen bald in Neid. Welche von ihnen hätte den stattlichen Mann nicht genommen, der so reiche herrliche Sachen, solchen Geschmack und solch einträgliches Amt besaß! Keine verfehlte, Mary zu sagen, wie glücklich sie sei, hier wohnen zu können und alle diese Herrlichkeiten zu genießen.

Der Nachmittag vermehrte die Gäste des Sorenskrivers, denn die rege Lebendigkeit am Fjord wuchs mit jeder Stunde. Stureson ließ sein schönes Lustboot zu einer Fahrt auf dem Fjord an das Bollwerk legen, und bald flog das flinke Schiffchen mit weißen vollen Segeln durch die leichten Wellen. Er selbst führte das Steuer und zeigte seine Geschicklichkeit als guter Seemann durch schnelle Wendun-gen und wie er sein Fahrzeug mitten durch die anderen führte oder Bord an Bord vorüberflog. Am äußersten Ende des großen Markt-platzes landete die Gesellschaft, um die verschiedenen Hütten und Zelte zu betrachten, wo viele in der Nacht ihr Unterkommen fan-den, und als man endlich auf allerlei Umwegen unter Scherzen und

Lachen in das gastliche Haus zurückkehrte, geschah es nur, um von neuem zu trinken, zu schmausen, gesellige Spiele zu spielen und zuletzt bis in die Nacht hinein zu tanzen.

Der Landrichter hatte für alles gesorgt, was seinen Gästen Vergnügen gewähren konnte, sein Lob war in jedem Munde. Alle versicherten, nie einen Mann gesehen zu haben, der so wisse, was Lebensart sei und wie man seine Tür offenhalte, daß Freunde gern hereinkommen mögen. Wein und starke Getränke aller Art waren in Hülle und Fülle vorhanden, leere Flaschen und leere Gläser konnte er nicht dulden. An kleinen Tischen saßen die Älteren bei Boston und Whist unter den mächtigen Dampfwolken ihrer Tabakpfeifen, für das junge Volk schallte Musik ohne Aufhören, und Stureson selbst war unermüdlich und überall. Es war kein Tanz, den er nicht mitgemacht hätte, sein Stolz war heute ganz in Freudigkeit und Scherz verschwunden, und als er mit Mary den nordischen Fandango auf und ab flog, klatschten alle Hände Beifall, und die alten dicken Kaufleute, Vögte und Lehnsmänner an den Tischen trommelten furchtbar mit den Füßen, daß Lichter und Gläser umstürzten, zur Ehre des mächtig wackeren Brautpaars.

So gingen die Stunden vorüber, bis es den meisten gut dünkte, ihre nächtlichen Ruhestätten auf den Jachten, in den Booten oder in den verschiedenen Herbergen aufzusuchen. Manche Bevorzugte fanden in Sturesons Gebäuden ihr behagliches Unterkommen, als aber seine Zimmer leer waren und das Haus still wurde, ging er lange noch in seinem Schlafgemach auf und nieder, um seinen Gedanken nachzuhängen.

Die dickbesohlten Stiefel der nordländischen Aristokratie hatten seine Dielen zerstampft und ihre Kraftsprüche aus rauhen Kehlen seine Ohren zerschnitten. Während er sich langsam entkleidete, begleitete er seine Selbstgespräche mit verächtlichen und spöttischen Randbemerkungen. Er war hierher gekommen, einzig, weil er Geld nötig hatte und ihm kein weiterer Ausweg geblieben war. Jetzt, wo viel Geld ihm gewiß schien, war nicht mehr der geringste Grund vorhanden, länger hier zu bleiben, als er mußte.

»Morgen«, sagte er, »will ich nach Christiania und Stockholm schreiben und meine Vorbereitungen beginnen. Ich suche ein ehrenvolles Amt, gleichviel, was es einbringt; für unsere standesgemäße Erhaltung wird Hvaland mit Freuden Sorge tragen. Fort will ich«, murmelte er dann erregter, »wäre es auch nur, um allen diesen Lappen und Böelappen, Missionaren und langweiligen Geschichten aus dem Wege zu gehen! – Sonderbar, daß mir der blasse schwarzhaarige Schelm immer wieder einfällt, daß mir die Augen immer wieder einfallen, mit denen er mich ansah, als ich ihn über den Rand der Klippe stürzte.«

Er hatte sich auf sein Bett gesetzt und starrte ernsthaft vor sich hin, endlich aber sah er zur Decke empor, denn über ihm schlief Mary, und leise streckte er die Hand aus und flüsterte spöttisch: »Warte, mein Goldfischchen, warte! Alle diese Sorgen und Plagen sollst du mir bezahlen! Ich will dich an einen Ort bringen, wo du ganz mein eigen sein sollst, will dafür sorgen, daß dir die tugendhaften Grillen vergehen, und alle Erinnerungen an deine Verirrungen will ich dir austreiben!«

Im selben Augenblick, als er diese Worte sprach, drang ein Ton in sein Ohr, der jähes Entsetzen über ihn brachte. Es war derselbe Ton, der ihn einst aufgeweckt hatte, als er in dem Felsspalt eingeschlafen war. Leise, süß und klagend zitterte er durch die Nacht. Stureson meinte den gespenstischen Geiger vor sich zu erblicken, wie er ihn damals gesehen hatte, das Haupt tief auf sein unförmiges Instrument geneigt, sein schwarzes Haar darüber ausgeschüttet und Mondlicht blaß darüber rieselnd. – Mit glühenden Augen sprang er auf, sein mächtiger Körper zitterte. Er blickte nach allen Seiten hin und sah nichts als das verglimmende Licht der kleinen Lampe in der Ecke. Aber der Ton war noch in seinen Ohren, als umschwebe er ihn wie der Geist eines Erschlagenen, der mit seinen Seufzern den Mörder aufweckt und verfolgt. Er wußte nicht, woher der Ton kam. Er hörte ihn, ohne zu wissen, ob es Wahrheit oder erregte Einbildung sei. Mit Heftigkeit stieß er den Laden auf und öffnete das Fenster. Alles war dunkel und still, der kalte Wind schüttelte die schwarzen Bäume, die Wellen des Fjords rauschten, phosphorisches Leuchten zuckte darüber hin. Die düsteren Schatten des Gebirges und schweres Gewölk schmolzen zusammen zu einer mächtigen undurchdringlichen Masse.

Schaudernd zog Stureson den Kopf zurück. Seine große Uhr schlug eins.

Am nächsten Morgen begann der Markt, und vom ersten Tagesschein an scholl der Lärm vieler hundert Menschen von allen Seiten her. Noch lag der blaue Dunst der Nacht in düsteren Spalten und engen Klüften, Nebel ringten und ballten auf dem Fjord in wunderlichen Spielen, bald aber wurde alles durchsichtiger und heller, und endlich lief ein blitzendes Leuchten über die Mitte des breiten Wassers. Der erste Sonnenstrahl spaltete die dicke Luft und fuhr über den Wiesengrund, auf welchem der Markt stattfand.

Früh war auch jeder im Hause erwacht. Hvaland war längst auf den Beinen, hatte seinen Kaffee getrunken, mit einem Messer lange Späne von einer zähen, holzartigen rötlichen Masse abgeschnitten und nach gewaltiger Arbeit zwischen seinen Zähnen glücklich verschluckt, wobei er alle Zeichen gab, daß es ihm vortrefflich schmecke. Diese Masse war eine Lieblingsspeise des echten Nordländers, der Überrest eines geräucherten Hammelschinkens, herrliches Spegekjiöd, dessen beste Teile schon gestern den Weg allen Fleisches gegangen waren.

Nebenher sprach er mit Mary, die mit gefalteten Händen bei ihm saß und still über etwas nachzudenken schien. Ihr sanftes Gesicht war von einem Lächeln erfüllt, ihre Augen blickten durch die Fenster auf den sonnenhellen Fjord, aber ihre Ohren schienen wenig von dem zu hören, was ihr Vater sprach, obwohl es sie betraf.

»Heut«, sagte Hvaland, »wird es wild genug hergehen. Sind viele Lappen gekommen, mehr als ich lange Zeit hier gesehen habe. Werden die Rentiere wohlfeil sein, die Felle im Preise sinken, Schneehühner und Vögel billig fortgehen, mancher ein leckeres Mahl halten und für wenig Geld sich Wintervorräte kaufen können. Denk auch meinen Handel zu machen, wie es sich schickt«, fuhr er vergnügt schmunzelnd fort, »habe meinen alten guten Platz in der Mitte des Marktes, und was Stureson betrifft, so wird er, ehe zwei Tage vergehen, eintausend harte Spezies einwechseln können. Streit vollauf ist zu schlichten; kommen von allen Seiten, um das Recht anzurufen, wird alle Hände voll zu tun haben.«

Er sah Mary von der Seite an und neigte sich dann zu ihr hin. »Will dir sagen«, flüsterte er, »was er mir vertraut hat. Alles Geld, was er heut einnimmt, soll zum Hochzeitsgeschenk für dich ver-

wandt werden. Kannst wählen, was du haben willst. Einen Gold-
schmuck, wie ihn die Frau des Amtsmanns in Bodöe hat, Atlas und
Spitzen aus Frankreich oder Ringe und Ketten und eine Uhr daran.
Er ist ein Verschwender, Mary, aber die Weiber wollen es so haben,
und nimm's immerhin, Christie Hvaland wird's schon gutmachen,
wenn es fehlt.«

»Ich will nichts nehmen, Vater«, erwiderte sie, den Kopf schüttelnd.

»Willst nichts, willst sparen?« lachte Christie. »Ei ja, besser ist's,
sein Geld behalten. Aber du sollst haben, was keine hat, du sollst
die Erste sein im Lande, weil du seine Frau bist.«

»Muß ich's denn sein?« fragte Mary mit sonderbarem scharfem
Ton, indem sie ihren Vater anblickte.

»Ob du es sein mußt?« rief dieser erstaunt. »Schläfst doch nicht
mehr«, fuhr er lachend fort, »sieh dort, da ist Malanger Fjord und
hier sitzen wir in Sturesons Haus, wo du wohnen wirst mit ihm.«

»Nimm mich mit dir«, sagte sie, mit beiden Händen seinen Arm
umklammernd. »Ich will wohnen, wo du wohnst, ich will bei dir
bleiben, Vater, will mich niemals von dir trennen!«

»Bist ein Narr!« schrie Christie mit rauher Stimme auf. Dann aber
suchte er sich sanfter loszumachen und sagte beruhigend: »Sei kein
Kind, Mary, was fällt dir ein? Stureson hat um dich geworben und
bist ihm entgegengekommen mehr, wie ich es dir zugetraut hätte.
Gleich am zweiten Abend hast ihn angenommen, wenn es andere
wüßten, würden sie Nachrede machen, die keinem lieb wäre.«

»Mir ist so bang, Vater, so schwer und bang im Herzen«, flüsterte
das Mädchen.

»Kann's mir denken«, lachte er, »ist ein stolzer fester Mann. Aber
er liebt dich ja, tut alles nach deinen Wünschen.«

»Laß ihn warten bis das Frühjahr kommt, guter lieber Vater«, sagte sie leise bittend. »Ich habe einen Traum gehabt, einen schweren,
gefährlichen Traum. Nur jetzt laß mich nicht von dir, nicht so bald.
Wir müssen Stureson besser kennenlernen, ehe du ihm dein Kind
anvertraust.«

»Mädchen!« rief Hvaland, indem er die harte Faust ballte und auf den Tisch schlug, »höre auf mit dem unsinnigen Gewinsel. Wenn das dein Wille war, wenn du warten wolltest, warum sagtest du es nicht? Noch gestern wäre es Zeit gewesen, als ich mein Wort gab, am Michaelistage solle die Hochzeit sein. Du hast nichts eingewendet, hast genickt und endlich ja gesagt. Zwischen gestern und heut hat eine kurze Nacht gelegen, welcher Kobold ist dir im Traum erschienen?«

Mary antwortete nicht, ihr Vater schüttelte grämlich den Kopf und sprach dann weiter: »Gesagt ist gesagt, und mein Wort ist mein Wort. Will mich nicht auslachen lassen deiner Launen halber. Wissen es alle, die hier sind, wann die Hochzeit sein soll, habe am Michaelistage ein Fest versprochen, wie es noch nicht gesehen wurde am Senjenöesund, und will, so wahr ich Hvaland heiße, kein Lügner werden. Mach kein Gesicht, Mary«, rief er, indem er aufstand, »als solltest du Eis holen aus den Schubsäcken der Hexenkinder, die da oben in den Tanasjauren wohnen! Gleich laß deine Augen klar werden, ich höre Sturesons Stimme draußen. Was soll er denken, wenn er dich so findet, wie keine Braut sein soll? Ist ein Mann, der seine Hand ausstrecken mag nach Nord und Süd, wohin er will, und die Besten greifen nach Ring und Finger. Wirst beneidet, Mädchen. Denk an den Schmuck, sieh hin, was dein ist, sieh hin, wie sein Haus blitzt!« Er stieß ein helles Gelächter aus und drückte Marys Kopf an seine Lederjacke, während er ihr Haar streichelte und doch dabei so grimmige Blicke auf sie richtete, daß sie keinen weiteren Widerspruch wagte.

Stureson öffnete die Tür und blickte Mary forschend an.

»Sie hat nicht gut geschlafen«, sagte Hvaland, »hat Kopfschmerzen, ist nicht eingerichtet für den Spektakel bis tief in die Nacht.«

»Ist deine Ruhe gestört worden?« fragte der Landrichter teilnehmend seine Braut, indem er ihre Hände faßte.

»Durch nichts«, erwiderte sie, »ich habe unruhig geträumt.«

»So erhole dich jetzt am frischen Morgen«, antwortete er, »es ist mir nicht viel besser ergangen. Meine Zeit ist fürs erste beschränkt, mein Platz in der Gerichtsstube. Aber draußen sind deine Freundinnen, liebe Mary, unterhalte sie, zeige ihnen dein Haus, besieh den Markt und seine Schätze. Sobald ich kann, suche ich dich auf.«

Nun ging Hvaland, wohin ihn seine Geschäfte riefen, der Landrichter begleitete ihn und eröffnete sein Gericht, vor welchem viele Kläger und Beklagte erschienen, um Mary aber sammelte sich nach und nach eine ganze Schar junger Mädchen, die mit ihr plauderten, unendlich viele unbedeutende Dinge zu erzählen hatten, ihre Hoffnungen und Neuigkeiten auskramten, über ein Nichts lachten und sich belustigten, auf Geschenke rechneten, die ihre Väter, Verwandten und Anbeter ihnen verehren sollten, und im voraus neugierig rieten, was wohl Stureson seiner Braut anbinden werde. So vergingen lange Stunden, bis endlich alle übereinkamen, es sei jetzt Zeit, den Markt zu besuchen und sich umzuschauen, wie Handel und Wandel ständen.

Der Weg führte am Ufer des Fjords hin, nach einer Viertelstunde waren die Mädchen mitten in dem Gewühl, das lustig genug anzuschauen war. Der größte Teil der schreienden, schwatzenden und wild lärmenden Menge bestand aus Lappen, die mit Weibern und Kindern aus den Gebirgen gekommen waren. Greise mit seltsamen breitgequetschten Nasen, alte Weiber von entsetzlicher Häßlichkeit, schmutzige gelbe Gesichter, die unaufhörlich lachten und ihre vom Skorbut hart mitgenommenen Zähne zeigten, ballten sich in Haufen um die Buden der beliebtesten Kaufleute zusammen und führten ein betäubendes Geschnatter auf. Sie handelten und feilschten um ihre Tauschwaren, um Rentierschinken, Felle und Hörner, um ihre lebendigen Schlachttiere, um Vögel mannigfacher Art, welche sie zu Dutzenden gespießt trugen, und um bunt gesteppte Röcke, die ihre jungen Dirnen sehr sauber rot auszunähen verstehen, um die weichen bequemen Halbstiefel von Rentierhaut, welche in den Gammen mit Rentiersehnen genäht werden, um Bären- und Wolfspelze, Fuchs- und Otterfelle, den Räubern abgezogen, die sie auf der Jagd erlegten, um Säcke mit Federn aus der Brust der glänzend weißen großen Möwen, Eiderenten und anderer Strandvögel; und für alle diese Handelsprodukte begehrten sie Pulver und Blei, eiserne Töpfe und Kessel, Mehl für ihre kräftigen Blut- und Fleischsuppen, grobes Segeltuch für ihre Zelte und endlich blanke harte Spezies von Silber, um sie bei den übrigen zu vergraben.

Die Kaufleute trieben den Tauschhandel ebenso schlau wie einträglich, aber aus den Armen und Buchten des großen Malanger Fjords und von den Inseln herüber, die in unzähligen Brocken auf dem Meer zwischen Senjenöe und nördlich hinauf ausgestreut sind, waren auch viele Fischer und Kolonisten gekommen, um sich mit Winterfleisch, Vögeln, Komagern und Pelzdecken zu versehen. Riesenhafte Männer aus dem Geschlecht der eingewanderten Finnen handelten unter wilden Flüchen mit den kleinen boshaft grinsenden Lappen, die von ihren Preisen nicht ablassen wollten. Die Kugeln von Kautabak rollten dabei von einer Backe in die andere und brachten seltsam schiefe Gesichter hervor. Ihre Frauen hockten zusammen, rauchten die Pfeifen der Männer und mischten sich zuweilen mit gellendem Geschrei in den Handel. Da wurden Rentiere betastet, ihr Gewicht untersucht, der geforderte Preis mit Hohngelächter aufgenommen oder der Verkäufer mit der Branntweinflasche zur Einsicht gebracht.

Von Zeit zu Zeit aber erschienen unter diesen Haufen von Fischern in dunklen Zwillich- und abgeschabten Lederjacken, mitten unter den Glanzhüten der Quäner und Kolonisten und den braunen schmutzigen Baumwollhemden und hochstehenden Mützen der Rentierhirten einige ganz artige und wohlgefällige junge Burschen und junge Mädchen, die offenbar den begüterten Lappenfamilien angehörten. In ihren blauen Jacken und weiten Röcken, welche mit roten Litzen besetzt und bestickt waren, den weißen Häubchen, weißen faltigen Schürzen und schön mit Arabesken von gelben, blauen und roten Fäden besetzten Komagern trippelten die Mädchen durch das Gedränge, und obwohl die kleinen lappischen Schönheiten von den stolzen Töchtern der Kaufleute mit spöttischen Blicken betrachtet wurden, so waren sie nichtsdestoweniger hübscher und zierlicher als viele, die ihnen nachhöhnten. Auch unter den in ihre Nationaltracht gekleideten jungen Männern mit breiten gestickten Jagdgürteln über den braunen Jagdhemden, gestickten Komagern an den Füßen und glänzenden Federn an den Mützen, die ihre schwarzen Locken fliegen ließen, fanden sich hübsche und gewandte Gestalten. Mehrere von ihnen brachten Gegenstände zum Verkauf, vielleicht die einzigen Kunstprodukte, welche hier zu haben waren, nämlich kleinere und größere Taschen, allerliebste Körbchen, Kragen und Überwürfe, verfertigt von den feinsten Daunen verschiedenartigster Vögel, die mit wundervoll glänzender Farbenpracht und in Schattierungen, welche ein Künstler nicht schöner zusammenstellen konnte, das Auge entzückten.

Die Töchter der Kaufleute suchten nach einiger Zeit Mary auf, welche sich von ihnen getrennt hatte und bei ihres Vaters großem Kramladen geblieben war, wo es bunt und geschäftig herging, denn Hvaland hatte alle Hände voll zu tun; um seine Vorräte drängte sich das dichteste Gewühl der Käufer, und der schlaue alte Handelsmann war so froh gelaunt wie selten, denn solchen Markt hatte er kaum je erlebt.

»Werde alles los heut«, rief er seiner Tochter zu, »ist ein Reißen darum, habe reinen Tisch gemacht, ehe drei Stunden vergehen!« Er streichelte ihr vergnügt die Stirn und fuhr fröhlich fort: »Na, Mary, denke, deine Grillen sind vorbei. Siehst besser aus um die Augen. Handel ist Handel – bist eine Ware, die losgeschlagen ist, aber der Käufer soll nicht sagen, daß er betrogen wurde! – Hast nichts gefunden auf dem ganzen Markt, was dir gefällt, Mädchen? Kaufe dir das Beste, was da ist, ich«, er verbesserte sich, »oder Stureson – er wird es bezahlen.«

Jetzt erschienen die jungen Mädchen und riefen Mary wie aus einem Munde zu: »Wundervolles kannst du kaufen, Mary! Ein Lappe ist hier, der das schönste Mäntelchen von Federn hat, das je von eines Menschen Hand gemacht wurde!« Sie beschrieben das Meisterwerk mit Worten höchster Bewunderung. Weiß sei der Grund, blaue, braune und brennend rote Federn bildeten Figuren darauf, die ineinanderlaufend sich verschlängen, und innen sei es mit feinstem Pelzwerk gefüttert.

»Was ist der Preis?« fragte Hvaland.

»Ei, teuer ist er damit«, erwiderte eines der Mädchen, »achtzig Spezies fordert er dafür.«

Hvaland riß die Augen auf. Er wußte freilich, daß die Federarbeiten hoch bezahlt wurden, aber diese Summe schien ihm doch der Gipfel höchster Unverschämtheit. »Ist der Narr toll?« schrie er. »Wo ist er? – Oho, da kommt der Sorenskriver. Ist er es nicht? Aber was zum Henker gibt es da? Streit und Prügel, so wahr ich lebe. Sie wer fen ihn in die Luft, den Burschen! Will's Gott, er muß gute Knochen haben, wenn er sie nicht brechen sollte!«

Der Lärm übertönte seine Stimme, die Mädchen drängten sich ängstlich unter seinen Schutz, und Hvaland war sehr ärgerlich über die Störung, welche viele Käufer veranlaßte, hinzulaufen, um zu sehen, was es gäbe.

»Es ist nichts als ein erbärmlicher betrunkener oder verrückter Böelappe«, sagte ein Mann, der zurückkam. »Er hat sich unterstanden, dem Sorenskriver in den Weg zu treten, ihm mit der Faust zu drohen und von ihm zu fordern, er solle ihn zum Schulmeister machen, oder er wolle ihn an den Galgen bringen.«

Ein allgemeines Gelächter entstand. »Das lappische Tier«, fuhr der Erzähler fort, »ist aber übel fortgekommen. Der Sorenskriver meinte es gut mit ihm, wollte ihn fortbringen, aber er schrie und schimpfte wie ein Besessener. Da nahmen sich ein Dutzend wackere Jungen vom Lyngen-Fjord seiner an. Jetzt liegt er mit zerschlagenem Kopf auf den Steinen und wird fürs erste genug haben. Der Sorenskriver hat die Gerichtsdiener kommen lassen, er wird ihn kurieren, wie es sein muß!«

Das Gelächter dauerte noch fort, als Stureson herbeikam, der über den Vorfall genau ebenso zu denken schien.

»Das alberne Tier«, sagte er verächtlich, »hat beinahe eine zu starke Lehre bekommen über die Kunst, sich sittlich und anständig zu benehmen. Vorläufig mag er nüchtern werden, morgen wollen wir weitersehen, wie er zu bessern sein mag.«

»Wie heißt er?« fragte Hvaland.

»Henrik Jansen soll er heißen«, erwiderte der Landrichter, »und ganz in Eurer Nähe wohnen.«

»Ist es der aufgeblasene Schuft?« schrie der Kaufmann. »Dacht ich doch, daß er es sein müßte. Wiegelt seit einiger Zeit mir die Leute auf, grinst mich an, wenn er mich sieht, und hat sonderbare Reden geführt, daß er bald an meinem Tische sitzen wollte, und ich müßte ihn bedienen.«

»Er scheint ein Trunkenbold und ein Narr zu sein«, sagte Stureson.

»Straft ihn, daß er zur Vernunft kommt!« rief der Kaufmann.

»Sorgt nicht«, lächelte der Landrichter, »ich will ihn mürbe machen. Aber meine liebe Mary sieht ängstlich und ernst aus«, fuhr er fort. »Mein Geschäft für den Vormittag ist beendet, was übriggeblieben, mögen meine Schreiber abtun. Was gibt es nun, womit ich dich erfreuen kann? Hast du nichts gefunden auf dem Markt, das du dir wünschen würdest?«

Die Braut schüttelte den Kopf, aber ihre Freundinnen konnten sich nicht so bescheiden zurückhalten.

»Es ist etwas da, Herr Sorenskriver«, sagte die Keckste, »das niemand kaufen kann außer der Herr Sorenskriver!«

»Was ist es?«

»Ein Federmantel, den eine Königin tragen könnte!«

»Dann muß ihn Mary besitzen«, rief der Landrichter, »wo ist er?«

»Ein Lappe hat ihn zu verkaufen, ein sonderbares, häßliches Geschöpf. Er muß die Lepra haben, sein ganzes Gesicht ist bepflastert und steckt samt dem Hals in dichten Binden.«

»Mag er haben, was er will«, sagte Stureson, »er mag es behalten, aber den Mantel soll er uns lassen.«

»Laßt ihm den auch«, fiel Hvaland ein. »Es ist ein unverschämter Bursche, achtzig Spezies hat er gefordert!«

»Und wären es hundert«, rief Stureson, »wenn er Mary gefällt, ist er mir nicht zu teuer!«

Die jungen Mädchen richteten beifällige und bewundernde Blicke auf den Bräutigam. Wie war Mary zu beneiden um diese Liebe!

»Wo finden wir den Wundermantel?« fragte Stureson. »Er wird doch nicht schon verkauft sein?«

»Seid ohne Sorge«, sagte Hvaland lachend, »so leicht wird der gaunerische Landstreicher ihn nicht los. Die ihn etwa haben möchten, warten bis Abend, bis auf den letzten Glockenschlag, und bieten dann zwanzig bis fünfundzwanzig Taler, wofür er ihn gern losschlägt, um nicht ohne Geld nach Haus zu kommen. Rat Euch, daß Ihr es ebenso macht.«

Aber Stureson wollte davon nichts wissen. »Komm«, sagte er zu Mary, »laß den Vater die Reste seiner Vorräte verkaufen. Der Handel geht gut, wie ich sehe, und an solchen Tagen tut eine Handvoll Spezies mehr oder weniger keinen Schaden.«

Hvaland schmunzelte dazu und machte sein pfiffiges Gesicht. »Nun meinetwegen«, rief er den Davoneilenden nach, »gebt dem Schelm, was er haben will, und meinen Segen obenein, wenn er ihn gebrauchen kann!«

Der Sorenskriver durchstrich den Markt nach allen Seiten und tat mancherlei Fragen an bekannte Leute nach dem Lappen mit dem schönen Federkragen. Viele erinnerten sich, ihn da und dort gesehen zu haben, aber nirgends war er zu finden. Es war inzwischen später geworden, und die befriedigten Käufer überließen sich den Genüssen, die in manchen Buden und an vielen Feuerstellen ihnen dargeboten wurden.

Die jungen Mädchen waren inzwischen mit Mary weitergegangen, während Stureson, von einigen Kaufleuten und Lehnsmännern aufgehalten, Antwort auf ein paar Streit- und Rechtsfragen geben sollte. Als er sich losmachte, sah er Marys weißes Gewand ganz am Ende des Marktes und niemanden bei ihr.

»Wo sind deine Freundinnen?« fragte er, als er sie erreichte.

»Sie haben sich zerstreut, um an anderen Stellen nach dem Mann zu suchen, der sich nicht finden läßt.«

»So laß uns umkehren«, sagte Stureson. »Wonach siehst du, Mary?«

Er folgte ihren Blicken, welche sich auf die Schlucht richteten, aus der die Malself hervorbrach, weiß schäumend und über große Felsenblöcke sprudelnd, welche ihren Lauf hemmten. Wald zog von beiden Seiten an den hohen Fjellen hinunter in das enge Tal des Stromes, die jähen Wände sahen wie das offene Tor einer Felsenburg aus.

»Da ist er!« schrie Mary auf.

»Wo?« sagte Stureson. »Wer?«

Sie riß sich von seiner Hand los, und ohne auf seinen Ruf zu achten, lief sie mit flüchtiger Schnelle über den Moosboden den Steinen zu.

»Bist du rasend?« rief er ihr nach. »Halt, Mary, halt ein! Es ist sumpfig und naß! Zurück da, zurück zu mir! – Aber was ist das? – Bei Gott – da ist er –«

Dieser letzte Ausruf galt einem Lappen, der auf einem der hohen Felsentrümmer am Ufer der Malself saß und jetzt erst, als er sich aufrichtete, dem Sorenskriver sichtbar wurde.

Es war eine schlanke jugendliche Gestalt. Die Mütze mit einem grünen Zweig saß tief ins Gesicht gedrückt, das obenein von einer Binde bedeckt war. Sein Gürtel war mit Silber beschlagen, sein Hemd bunt bestickt, und auf seinem Stock mit der langen Stachelspitze hielt er den prächtigen Federmantel, der in der Sonne funkelte und glänzte.

Stureson sah, wie Mary den Felsblock emporklomm, wie der Lappe ihr die Hand reichte, vor ihr niederfiel und sogleich wieder aufsprang, um den schönen Schmuck um ihre Schultern zu werfen. Der Landrichter konnte nur langsam vorwärtskommen, denn unter dem schweren Mann schwankte der Sumpfboden. Er mußte seine Augen vorsichtig auf die dichten Grasbüschel richten, welche wie Inseln den festen Grund bildeten. Sprung auf Sprung war zu machen, wenn er trocken bleiben wollte.

»Was tut der Narr!« rief er endlich, als er in die Nähe gekommen war und die beiden Gestalten noch immer dicht beisammen sah. Aber im nächsten Augenblick stieß er einen wilden Fluch aus und stierte im höchsten Entsetzen den Lappen an.

Mary hielt diesen umschlungen; er hatte den linken Arm um sie gelegt, mit der Rechten Mütze und Binde vom Kopf gerissen. Kein Zweifel: es war Olaf.

Stureson begriff mit Blitzesschnelle alles. »Du bist es also«, schrie er, »der mein Haus umschlichen hat! Du bist der Musikant, der uns den Schlaf vertreibt!«

»Ja, ich bin es!« rief Olaf Helmböe. »Sieh mich an, Mörder, der du bist, deine Hand hat mein Blut nicht vergießen können!«

»Prahle nicht, Lappe!« rief Stureson in wütendem Zorn. »Flieh in deine Gamme zurück zu dem falschen Priester, der dich dort verborgen wußte, während er mir vorlog, dich vergebens zu suchen!«

»Du selbst lügst, falscher Mann«, sagte Olaf, »der Propst weiß nichts von mir, selbst meine nächsten Freunde wissen erst seit gestern, daß ich deinem Anschlag entkommen und durch Glück gerettet worden bin!«

»Reize mich nicht«, schrie Stureson. »Fort mit dir, ich höre Stimmen, es kommen Leute. Laß die Hand los, Schurke, laß die Jungfer los, lappisches Tier! – Mary! – Laß sie los, sage ich, du siehst, ich habe die Mittel, dich diesmal besser zu treffen!«

Er riß aus der Brusttasche seines Rockes ein Terzerol, das er dort verborgen trug, und streckte es gegen Olaf aus.

»Sage, was du haben willst«, rief er wut- und angsterfüllt, »fordere Geld, ich will es dir geben, aber betritt nie mehr diesen Ort. Höre, du Hund! – Um Gotteswillen, Mary! Dein Vater – dort kommt er! – Komm herab komm – komm! In meine Arme, Mary, ehe dich jemand so sieht! Komm zurück!«

»Nein!« rief das Mädchen mit Abscheu und größter Heftigkeit, »niemals zu dir, du Mörder! – Ich will nicht! – Ich hasse, ich verachte dich!«

Stureson sprang auf den Felsblock los und drückte das Terzerol ab, indem er wie ein Rasender das Geröll erklomm.

In dem Augenblick aber, wo er einen schwachen Schrei von Mary vernahm und diese an Olaf niedergleiten sah, wo er nur wenige Schritte noch zu tun hatte, um seine Hand nach dem verwegenen Lappen auszustrecken, wo seine Faust sich ballte, um ihn niederzuschlagen, und seine Augen vor wilder Begier funkelten, folgte einem starken Blitzen der Donner eines Schusses, und Stauresons mächtiger Körper richtete sich steil auf. Er stolperte, versuchte, sich zu halten, und stürzte rückwärts in den Sumpfboden des Tales.

Olaf hielt sein rauchendes Gewehr noch in der Faust, als Hvaland und mit ihm ein paar andere Männer laut schreiend an der Biegung der Felsen sichtbar wurden. Aber sie waren unsicher, wer die Gestalt gewesen sei, welche sich schnell in dem Gesträuch verbarg und nicht wieder sichtbar wurde.

Nach einigen Minuten standen sie jammernd um den blutbedeckten Körper des Landrichters, der seine krampfhaft zusammengepreßten Arme über die tödliche Wunde deckte.

Ein Greis kniete an seiner Seite nieder und suchte ihm seine Lage zu erleichtern; es war der Missionar, der mit Hvaland gekommen war, in äußerster Bestürzung Sturesons Kleider entfernte und einige Rettungsversuche machte. An der anderen Seite kniete Hvaland, die harten Hände um Stureson schlagend.

»Wer hat es getan?« schrie der alte Mann. »Um Gottes Barmherzigkeit, redet, Sorenskriver! Nur ein einziges Mal öffnet den Mund! – Ein Lappe muß es gewesen sein«, rief er mit zitternden Lippen, indem er auf die Wunde deutete, »nur eines Lappen Kugel kann solch weites Loch reißen!«

»Ruft Gottes Gnade an, Sorenskriver«, sagte der Propst, »fleht zu ihm, unglücklicher Mann, daß er sich Euer erbarme.«

»Und Mary? Wo ist Mary?« rief Hvaland, entsetzt aufspringend.

Bei diesem Namen öffnete Stureson noch einmal seine Augen. Er versuchte, sich mit dem Arm zu stützen. »Haltet sie! – Da! – fort –«, röchelte er, und einen letzten drohenden Blick voll Haß auf den Missionar richtend, stieß er dessen helfende Hand zurück und fiel tot nieder.

Auf der Höhe zwischen den Büschen war das Gras blutigrot, und diese Spur ließ sich bis an die Schlucht der Malself verfolgen, sonst war nichts zu entdecken. Sturesons Terzerol lag zwischen den Steinen, vielleicht hatte er den Angreifer verwundet. Rasche Männer, die nach einigen Stunden in die Schlucht drangen und den Verbrecher verfolgten, fanden an verschiedenen Stellen die Fußtritte mehrerer Rentiere von jener stärksten Art, wie sie zum Lasttragen gebraucht werden. An Baumzweigen hingen ein paar Fetzen von Marys Kleid und ein zerrissener schöner Mantel von seltenen Federn.

Man trug Sturesons Leiche in das geschmückte Haus, und statt des Festes, das hier gefeiert werden sollte, herrschten Verwirrung, Trauer und Kummer.

Alle Mittel wurden aufgeboten, um den Mörder zu finden, aber keines führte zu seiner Entdeckung. Die Aussagen, welche Henrik Jansen machte, verwirrten und verdunkelten diese Angelegenheit noch mehr. Sie warfen einen schrecklichen Verdacht auf Stureson, brachten Hohn und Spott über die verschwundene Tochter des reichen Kaufmanns, obwohl die meisten an ihre schandbare Verirrung nicht glauben wollten. Hvaland bot große Summen dem, der ihm über ihr Schicksal Nachricht brächte, aber obwohl viele sein Geld verdienen wollten, hat er doch niemals zu zahlen nötig gehabt. Man forschte nach Olafs Brüdern. Auch sie waren mit ihren Herden verschwunden, nie hat man sie wieder an der Küste gesehen.

Es hat sich aber bis heute die Meinung erhalten, daß Olaf es gewesen sei, dessen Kugel die Brust seines stolzen Feindes durchbohrte, und daß er nun mit Mary tief in der unermeßlichen Wüste in einem der kleinen verborgenen Täler wohne, welche zuweilen so zauberisch die Schrecken der eisigen Wildnis unterbrechen. Dort sollen seine Tiere weiden, dort soll Mary vergessen, daß ihre Liebe verdammt und verachtet wurde.

Hvaland ist nach mehreren Jahren gestorben. Auch als er tot war, meldete sich die Erbin nicht. Alles, was er gierig zusammenscharrte, ist in fremde Hand gefallen.

Über tredition

Eigenes Buch veröffentlichen

tredition wurde 2006 in Hamburg gegründet und hat seither mehrere tausend Buchtitel veröffentlicht. Autoren veröffentlichen in wenigen leichten Schritten gedruckte Bücher, e-Books und audioBooks. tredition hat das Ziel, die beste und fairste Veröffentlichungsmöglichkeit für Autoren zu bieten.

tredition wurde mit der Erkenntnis gegründet, dass nur etwa jedes 200. bei Verlagen eingereichte Manuskript veröffentlicht wird. Dabei hat jedes Buch seinen Markt, also seine Leser. tredition sorgt dafür, dass für jedes Buch die Leserschaft auch erreicht wird.

Im einzigartigen Literatur-Netzwerk von tredition bieten zahlreiche Literatur-Partner (das sind Lektoren, Übersetzer, Hörbuchsprecher und Illustratoren) ihre Dienstleistung an, um Manuskripte zu verbessern oder die Vielfalt zu erhöhen. Autoren vereinbaren direkt mit den Literatur-Partnern die Konditionen ihrer Zusammenarbeit und partizipieren gemeinsam am Erfolg des Buches.

Das gesamte Verlagsprogramm von tredition ist bei allen stationären Buchhandlungen und Online-Buchhändlern wie z. B. Amazon erhältlich. e-Books stehen bei den führenden Online-Portalen (z. B. iBookstore von Apple oder Kindle von Amazon) zum Verkauf.

Einfach leicht ein Buch veröffentlichen: **www.tredition.de**

Eigene Buchreihe oder eigenen Verlag gründen

Seit 2009 bietet tredition sein Verlagskonzept auch als sogenanntes "White-Label" an. Das bedeutet, dass andere Unternehmen, Institutionen und Personen risikofrei und unkompliziert selbst zum Herausgeber von Büchern und Buchreihen unter eigener Marke werden können. tredition übernimmt dabei das komplette Herstellungs- und Distributionsrisiko.

Zahlreiche Zeitschriften-, Zeitungs- und Buchverlage, Universitäten, Forschungseinrichtungen u.v.m. nutzen diese Dienstleistung von tredition, um unter eigener Marke ohne Risiko Bücher zu verlegen.

Alle Informationen im Internet: **www.tredition.de/fuer-verlage**

tredition wurde mit mehreren Innovationspreisen ausgezeichnet, u. a. mit dem Webfuture Award und dem Innovationspreis der Buch Digitale.

tredition ist Mitglied im Börsenverein des Deutschen Buchhandels.

Dieses Werk elektronisch lesen

Dieses Werk ist Teil der Gutenberg-DE Edition DVD. Diese enthält das komplette Archiv des Projekt Gutenberg-DE. Die DVD ist im Internet erhältlich auf **http://gutenbergshop.abc.de**